tredition

Petra´s Gespür für ...

.........den Arsch der Welt

Petra Arenz

tredition
www.tredition.com
Druck und Distribution im Auftrag des Autors/der Autorin:
tredition GmbH, Halenreie 40-44, 22359 Hamburg, Deutschland

IMPRESSUM

1. Auflage, 2022

Autorin: Petra Arenz
Umschlag, Illustration: Petra Arenz
Lektorat, Korrektorat: Antje Grube
Weitere Mitwirkende: Buch-Mentorin Gisa Steeg

E-Mail: post@petras-gespür.de
ISBN
Softcover: 978-3-347-76168-1
Hardcover: 978-3-347-76169-8

Über die Autorin

Petra Arenz

Jahrgang 1964, Geburtsort und Lebensmittelpunkt: Cochem, an der Mosel.
Ehefrau von Herrn Arenz und Hüterin eines 194 cm großen Sohnes.
Sie bezeichnet sich in den sozialen Medien als „Schmunzel-Influencerin“ und als späte „Rampensau“.

Schon immer den Schalk im Nacken, wächst sie in den ersten 20 Lebensjahren auf eine stattliche Größe von 173 cm an und besucht in dieser Zeit alle Einrichtungen, die das kleine idyllische Moselstädtchen zu bieten hat.
Mit Ausnahme der Ausnüchterungszelle der Polizeistation vor Ort.

Den krönenden Abschluss dieser Zeit ist ein mehr oder weniger grottiges Abitur im Jahr 1983.

Die nächsten 20 Jahre geht sie mit allergrößter Leidenschaft der Ausübung ihres Traumberufes nach: Restauratorin, um dann kurz vor 40 noch einem prachtvollen Sohn das Leben zu schenken.
In den vergangenen 20 Jahren gibt sie „Alles“ im Steinmetzbetrieb ihres Mannes.
In der Zweigstelle in der Eifel hat sie nicht nur täglich die Möglichkeit, intensiven Kundenkontakt zu pflegen, sondern auch noch Zeit, die nächsten 20 Jahre zu planen:
Die Ausübung ihrer Schreiberei und damit auch das Herauslassen der schon oben erwähnten „Rampensau“.

Speziell auf Facebook und Instagram schreibt sie fast täglich morgens von 5 bis halb 6 Uhr eine kleine Kolumne über den alltäglichen Wahnsinn.

Immer mit dem Hintergedanken, ihren Lesern/-innen und Zuhörern/-innen schon morgens ein Lächeln ins Gesicht zu zaubern. Und sich selbst natürlich auch!

Besonders in Zeiten wie diesen, in denen ein Virus, ein so naher Krieg in der Ukraine und Kriege auf der gesamten Welt unser Weltbild vollkommen durcheinander bringen.

Ihr Buch, die Schmunzel-Geschichten eines Jahres.

Viel Spaß ... mögen die nächsten 20 Jahre mit ihr sein.

Das Wörtchen zum Dienstag, das erste im Jahre 2022.
Schon etwas gaaanz Besonderes!

Und ich habe natürlich keine Kosten und Mühen gescheut, meinen humorvollen Followern mit einem spektakulären Sinnspruch den Tag zu „versüßen“ ... Und wie viel Weisheiten gibt es wohl, die sich mit den kalten Füßen von Frauen beschäftigen!? Ich selbst habe sogar mitten im Sommer so kalte Füße, dass ich ein tiefgefrorenes Hähnchen stundenlang mit meinen Füßen in diesem Aggregatzustand belassen könnte. Wer braucht eine Tiefkühltruhe? Wir nicht. Auch Eiswürfel sind schnell gezaubert!! Jetzt mal Spaß beiseite ... Nun denn, ich war auch sogleich investigativ unterwegs, um dann festzustellen, dass kalte Füße wirklich und vermutlich so ein „Frauending“ sind.
Eine Erklärung bezog sich auf die wesentlich dünnere Haut, die Durchblutung und die nicht sooo umfangreiche Muskelmasse der Frau. Also das mit der dünneren Haut kann ich unterschreiben. An der Oberseite meiner Unterschenkel ist meine Haut so dünn, dass man auch denken könnte, dieser Bereich wäre eine altägyptische Papyrusrolle aus der Zeit

von Ramses, dem Ersten. Da kannste schmieren, wie du willst, das krieg ich wohl nur mit Hauttransplantation in den Griff!
Die amüsanteste Erklärung war die, dass der weibliche Körper alle Wärme im Bereich der Körpermitte speichert und Extremitäten links liegen lässt, weil er immer aufs „Kinderkriegen" ausgelegt ist. Hallo??? Wann sagt denn meine Körpermitte meinen Füßen endlich mal Bescheid, dass der Drops gelutscht ist??!!
Spätzünder, mein Körper! Weil ... schnarchen tu ich schon ... ein bisschen ... Da hat mein älter werdender Körper schon reagiert und sich Herrn Arenz angeglichen.
Jetzt kann ich ihn auch vor wilden Tieren beschützen! Verrückte Welt, oder?

Donnerstag.

Unser Urlaub nimmt Fahrt auf ... Ich jetzt so nicht sooooo ... Um meinem ultimativen Chill-Modus etwas Nahrung zu geben, habe ich mich gestern schon um 20 Uhr 15 in meinem Kuschelbett aufgebahrt.
Das Fußteil bis zur höchsten Stufe hochgestellt, um meinem schwachen Bindegewebe in den Beinen auch seinen Spaß zu gönnen, und natürlich das Kopfteil in einem angenehmen Winkel, um diesen gar köstlichen Tee in geeigneter Körperposition schön langsam in mich aufzusaugen. Wärmflasche auf dem Bauch und ... Fernseher an.
Jaa, wir haben keine getrennten Schlafzimmer, aber getrennte Fernseher. Während Herr Arenz bei „Waffenschmiede" und diversen Autoschraubersendungen genüsslich vor sich hin summt, summe ich noch hörbarer beim gestrigen „Dirty-Dancing-Klassiker".
Heile, warme Welt in seiner Perfektion! Immer wieder.

Und während man bei dem Klassiker „Titanic“ schon vor Jahrzehnten bis ins Kleinste ausgerechnet hat, dass Leo „dicke“ neben Kate auf diese Tür gepasst hätte, hat sich schon mal jemand gefragt, warum gerade „Babe“ die Lösung für den Tanzabend in diesem anderen Hotel ist?? Sie kommt mit ihrer Wassermelone in diesen „Swingerclub der 60er“ und die Holzbude ist voll von mambo-tanzenden Mädels. Die hätten 3 Minuten gebraucht, um mit „Jonny“ diesen Tanz einzuüben! Nein, „Babe“ wird auserwählt.
Gut, meine Version ist etwas unromantisch, aber doch wesentlich praktischer! Aber mich hat ja keiner gefragt ... und wenn, hätte ich ja gestern nicht schlurzend im Bett gelegen und mit meiner Wärmflasche aufm Bauch den Mambo getanzt ... diese Hebefigur hatte ich ja mit dem in Position gebrachten Lattenrost schon vorbereitet, Wärmflasche aufgeschraubt, Wasser marsch und fertig.
Nennt mich „Babe“ Arenz ...

Freitag.

Hoch die Haare ... Wochenende!!! Oder so ähnlich. Egal.
Ihr wisst, was ich meine. Also, da ich ja jeden Morgen mein Haupthaar einer Wäsche unterziehen muss, ob dieser

„Bremsfriese" nach dem Aufwachen, ist unser Föhn in all den Jahren mein bester Freund geworden. Also der gefühlt hundertste Föhn. Früher. Also ziemlich weit ins 20. Jahrhundert zurück ... so in den 70ern, da hat man Elektrogeräte gekauft, das war 'ne Investition.

Und die waren von so guter Qualität, dass die gar nicht kaputtgegangen sind, oder selten. Man hat zur Hochzeit eine Waschmaschine erstanden und da konnte man die Wäschetrommel nach 60 Jahren noch als Urnengefäß bei seiner eigenen Beerdigung verwenden. Waren das noch Zeiten! Im 21. Jahrhundert hält so ein Gerät vielleicht mal 5 Jahre. Gut, 'ne Waschmaschine in einem Steinmetzhaushalt hat schon ihre liebe Mühe.

Neben kiloweise Steinstaub muss sie mit Zollstock, Schreibgeräten und Silikontubenaufsätzen kämpfen.

Wenn's gut läuft, finde ich Münzgeld. Das kassiere ich natürlich immer ein. Ich seh das als kleinen Obolus für die äußerst nette Wäscherin. Die Maschine weiß, was sich gehört!!! Tja, und die Föhne:

Der Vorletzte – noch nicht sooo alt – ist mir in der Hand explodiert. Reste von geschmolzenem Plastik kleben jetzt noch am Spiegel. Sein Nachfolger ist implodiert. Und dem sein Nachfolger ist so ein Ionen-Bläser. Was immer das auch bedeutet. Der liegt vermutlich in seiner Schublade und frisst über Tag haufenweise Knoblauch!

Betätigt man nämlich den Ionen-Bläser-Schalter, strömen sofort Gerüche aus diesem Ding, dass man denkt, man wäre in einer gut gehenden Dönerbude! Das stimuliert mich ja morgens um halb fünf schon ungemein. Aber ... es wird jetzt kein Neuer gekauft. Ich warte, bis der auch wieder ex- oder implodiert. Und die Scheißerchen haben bei uns im Haar-Haushalt wirklich nicht viel Arbeit. Herr Arenz schon leicht schütteres Haar, der Sohn nur noch einen Haarstreifen am Oberkopf und ich ... siehe Foto. Alles Memmen und Weicheier, die Elektrogeräte heute. Früher hatten Föhne noch Eier im Sack. Früher war alles schöner ... Na ja, vieles ...

Das Wörtchen zum Dienstag.

Wir müssen reden. Also ich muss reden ...
Und wer dieses wunderbare Abhängigkeitsverhältnis zwischen seinem BH und dem dazugehörigen Inhalt nicht nachvollziehen kann, muss jetzt umschalten. Auf RTL gibt's 'ne Doku über freilaufende Brüste ...
Also, alles fing an in einem dunklen Hinterhof. Es war kalt und ungemütlich. Meine beste Freundin und ich. Wir waren 13 und wollten endlich einen BH tragen. Unbedingt.
Alle hatten einen. Wir hatten nix für rein, aber es gab ja damals schon Watte. So fing alles an. Heute, Jahrzehnte später, brauch ich keine Watte mehr, und was habe ich schon BHs abgetragen! Halleluja! Vermutlich würden sie aneinandergebunden 20-mal den Äquator umrunden. So sagt man

doch immer, um die ganze Sache wissenschaftlich zu machen.
Mit Spitze, rot, grün, schwarz, kariert, mit diesem „Eisenbügel" drin, der sich entweder in meine Haut bohrte oder aber auch die Waschmaschine kaputt machte!
Hach, was für eine Vielfalt. Nie infrage kamen für mich diese „Hartschalendinger", die bei „Hinkemüller" immer im Regal hängen wie diese ausgegrabene Terrakotta-Armee in Ming-Shing-Ping! Brustpanzer des 21. Jahrhunderts.
Und das Schlimmste: Man sieht aus wie Dolly Buster in ihren besten Jahren und wenn man sich bückt, um den Putzlappen vom Wischer zu entfernen, fällt alles oben raus. Dann sieht man kurzfristig aus wie eine vierbusige Mutation!! Wer trägt diese Dinger?? Bitte melden ...
Tja, und nach so vielen Jahren haben sich dann im Schulterbereich, genau da, wo die Träger die stärkste Zugkraft haben, unübersehbar 1,5 cm tiefe Einbuchtungen gebildet. Bindegewebe schlabberig! Toll!
An dieser Stelle könnte bei mir 'ne Straßenbahn einklinken und 'ne Weile fahren, ohne umzufallen! Aber ohne BH??!! Niemals. Noch nicht mal zum Briefkasten. Ich bin vermutlich abhängig. Neben meinem Lippenstift gehen sie später mit als Grab-Beigabe. Ich möchte im Jenseits nicht ohne BH rumlaufen ... und nicht ohne Lippenstift! Wie peinlich wäre das! Tja, und jetzt versteht vermutlich Jede, warum mein Tag offiziell beendet ist, wenn ich die Häkchen abends öffne und den Dingen freien Lauf lasse. Schönes Thema.

Mittwoch.

Schon wieder. Die Zeit fliegt und aus diesem Grund gibt es nochmal ein Foto aus der Kategorie:
„Ich kann auch ohne schmunzeln."
Was bei weitem nicht so viel Spaß macht, allerdings relativ seriös rüberkommt.
Petra, die Rinda Evangelista, das Topmodel unter den moseländischen Kuhherden oder Kate Mross, die heraustrompetende Möchtegernschriftstellerin in der nur wenig lesenden, meist tanzenden und Strapse tragenden Insta-Welt!
Hach, wat schön!!
Dass ich mal so Selfie machendes Monster werde, hätte sich ja niemand jemals denken können!! Die ersten fünf Jahre meines doch recht schönen Lebens wusste ich nämlich gar nicht so richtig, wie ich aussehe ... im Gesicht und so. Das habe ich erst auf dem Foto mit der Schultüte so richtig gesehn!
In meiner Familie gab es nämlich nur spektakuläre „Arschfotos". Die sind auf unseren sonntäglichen Wald-Spaziergängen mit meinem Vater und meiner Schwester entstanden.
Unsere Mutter war allerdings nie dabei. Ich glaube, sie war froh, uns mal für ein paar Stunden los zu sein!

Die hätte auch bestimmt nicht mehr aufs Foto gepasst.
Papa hatte immer die Kamera mit Selbstauslöser dabei. Der krönende Abschluss des Wandertages war dann das Familienfoto. Wir drei in Position, Papa die Kamera positioniert, flott zu uns in die Reihe gestellt.
Ssssss ... der Auslöser begann seine Arbeit.
Wir drei ganz schnell rumgedreht, Buxe runter und: „Arschfoto!" Was hatten wir einen Spaß!
Heute vermutlich total verwerflich ... und mein Vater fand es dann auch irgendwann schicklicher, doch „normale" Fotos zu machen! Wie langweilig. So hab ich mein Gesicht erst auf dem Foto zur Einschulung mal in „Gänze" gesehen!
Die anderen Fotos fand ich schöner ... Und nach einigen Jahrzehnten bin ich doch auch den Reflex endlich los, bei Selfies den Hintern in die Kamera zu halten. Vielleicht besser ... obwohl ... das würde nachweislich meine Abonnentenzahl erhöhen, aber nein ... Ich möchte doch seriös wirken ... ein bisschen wenigstens ... Ach ja, ein „Arschfoto" ist noch in der Fotokiste! Und ich kann mich direkt erkennen ... Klasse, 'ne?

Freitag.

Runter die Haare, Wochenende. So heißt es ja, oder so ähnlich. Da meine unglaublich wissenschaftliche Abhandlung über meinen nach Knoblauch riechenden Föhn wahre Begeisterungsstürme hervorgerufen hat, möchte ich doch gerne nochmal das Thema HAARE in den Fokus meines morgendlichen „Schreibwahnes" stellen!

Zumal ich, und vermutlich noch viele andere, nun in einem Alter sind, wo man Haare an Stellen hat, die man nur schwerlich aussprechen kann!!
Augenbrauen werden weniger, Gesichtshaare mehr! Vermutlich ausströmendes Testosteron an der Frau! Wenn ich demnächst breitbeinig in der Sauna sitze, sind meine Östrogene vermutlich ganz verschwunden ... Was soll's!

Früher hat man sich ja als Frau öfter mal gewünscht, nur einen Tag und eine Nacht mal ein Mann zu sein, jetzt hab ich es geschafft. Man muss nur warten, bis das Klimakterium durch ist!
Ach, ja. Haare ... also, ich hab ja schon unzählig viele „Haarstylistinnen" durch im Laufe der Jahrzehnte! Und jeder Wechsel war schlimmer, als nach 45 Jahren den Gynäkologen zu wechseln! Jedes Mal hat man das Gefühl, wieder alles neu erklären zu müssen! Beim Friseur ... nicht beim Arzt! Und ich bin so eine (Achtung. Stuhlkreis ist eröffnet.), die früher Fotos oder heute Handybilder von unglaublich bekannten Hollywoodstars zum Termin mitbringt: „Guck mal ... genauso hätte ich die gerne!"
Und das sind keine Bilder von der 100-jährigen Iris Apfel, obwohl die ziemlich klasse ist.

Nein, so relativ junge Dinger ... faltenfrei, volles Haar, 5 Stunden in der Maske gesessen. Durch die Jahrzehnte haben meine „Haarfeen" unterschiedlich darauf reagiert. Von schallendem
Gelächter bis unmerkliches Augenverdrehn und „erstmal eine rauchen" war alles dabei! Alle haben wirklich ihr Bestes gegeben.
Ich hab nämlich so viele Wirbel auf dem Kopf wie ein altes Rosettenmeerschweinchen! Meine aktuelle Haarfee Melli erträgt mich jetzt auch schon ein paar Jahre mit viel Geduld,

da ich nicht aufgehört habe, ihr zu erklären, wie man richtig Haare schneidet.
Mit Foto vom Hollywoodstar.
Ich kontrolliere jeden ihrer Handgriffe mit akribischer Genauigkeit … Im Gegenzug dazu darf sie in meinem Beisein laut darüber lachen und die Augen verdrehen! Danke Melli

Das Wörtchen zum Dienstag.

Karma, sag ich nur. Ich habe zwar wirklich echt wenige Zimmerpflanzen.
Die haben allerdings nicht nur in ihrem vorigen Leben total verkackt, mir sind vermutlich Schwerverbrecher zugeteilt worden!
Also leid tun die mir jetzt nicht ... Ich habe nämlich den braunen Daumen.
So schlimm, dass ich nur an einer pflanzenübersäten Fensterbank vorbeigehen muss und alles lässt sogleich die Köpfe hängen und alle Blätter fallen.
Tja. Machste nix dran.
Ich hab schon alles versucht:

Ganz viel Wasser, ein nettes Gespräch, halbwegs zärtlich über die Blätter streicheln.
Keine Chance! Sie wollen sterben.

Die einzige Flora, die es länger bei mir aushält, sind diese unglaublich fürchterlichen Orchideen! Boah, die kann ich ja gar nicht leiden.
Die sind aber leider immer ein normal gern gesehenes Gastgeschenk.
Frisch überreicht glotzt mich dieser prächtig blühende Blütenzweig schon an und scheint zu sagen:
„Na, du blöde Kuh. Ich bin es ... dein Karma!"
Ich bedanke mich freundlich bei meinen Gästen und fange am selben Abend schon an mit Wasserentzug.
Nicht bei mir, bei den doofen Orchideen. Das Problem ist nur ... das mögen die! Also, es dauert Wochen, sogar Monate, bis die erste Blüte aufgibt.
Endlich habe ich es irgendwann geschafft und meine einst prächtige Orchidee besteht nur noch aus einem dürren Zweig. Wenn jetzt nicht jemand vorbeikommt und
rum klugscheißert, dass die sich wieder „kriegt".
Ich müsste nur Geduld haben!
Wenn ich Glück hab, kann ich die leblosen Überreste an diesen Obergärtner verschenken! Jetzt nur keine Feier mehr veranstalten, sonst hab ich schon wieder so ein Miststück hier stehn!
Ach, ja ... bevor ich es vergesse. Nach einigen Jahren der intensiven Forschung habe ich festgestellt, dass Menschen, die einen braunen Daumen haben, auch keinen Hefeteig hinkriegen. Also bei mir fällt schon der Hefewürfel im Kühlregal des Supermarkts in seine Einzelteile, wenn ich diesen nur anschaue. Die kleinen übelriechenden, braunen

Scheißerchen können mich nicht leiden! Das beruht allerdings auf Gegenseitigkeit. Was soll's.
Es gibt ja auch Mürbeteig und künstlichen Efeu! Ein Leben mit braunem Daumen ist also möglich!

Montag.

Und ich habe sooooo gut geschlafen. Halleluja.
So gut, dass ich total verschlafen habe. Um euch meine „Beklopptheit" noch ein bisschen näherzubringen ... Ich habe nicht eine halbe Stunde verschlafen, keine Stunde. 10 Minuten.
Ja, richtig gelesen.
Das ist für mich schon verschlafen. Ich gucke dann erst mal wie ein verschrecktes Huhn mit aufgerissenen Augen auf meinen Wecker. Das Problem: Ich kann die Uhrzeit nur erahnen. Und sehe allerdings schon halbblind, dass das nicht die Zahlen auf meinem Wecker sind, die es sonst immer sind.
Brille ... wo ist die Brille?
Ah, erst mal falsch rum aufgesetzt.
Der Nahbereich ist jetzt oben und meine Augen für den Bereich weiter unten. Schnell rumdrehen.

Wertvolle Zeit verstreicht. Verschlafen.
Keiner sagt mir, dass 10 Minuten nicht sooo schlimm sind.
Herr Arenz neben mir ist auch gerade dabei, heute Morgen ordentlich zu verschlafen. Er weiß es nur noch nicht.
Ich springe auf, streichele den Hund nicht am Kopf, sondern am Hintern und auch er guckt etwas verschreckt.
Schnell zum Spiegel. Ach du je! Was ist das Zerknitterte da?
Ich. Obwohl ich so ein Satinkissen extra für gegen Falten habe, sehe ich aus wie eine alte Lederschildkröte!
Meine Gesichts-Restaurierungsfähigkeiten müssen herhalten. Das hat allerdings früher in Eile schon nicht so dolle funktioniert. Ich geb mein Bestes.
In diesen prekären Situationen hau ich mir auch regelmäßig die Wimperntusche-Bürste in beide Augen. Aua.
Jetzt seh ich aus wie ein Klingonen-Mädchen kurz vor der Augentransplantation. Egal. Weiter.
Haare waschen. Der Föhn riecht heute nach Leberwurst. Alter Leberwurst.
Geschafft.
Jetzt flott in die Küche.
Gefühlte 342 Brote für Herrn Arenz herstellen. Und der will da noch Liebe spüren, wenn er sie mittags verspeist. Sch ...
Heute keine Liebe.
Eine Brothälfte ist schon mit der Butterseite auf den Boden gefallen.
Ah, siehste ... Ich wollte da gestern doch noch wischen, ob der Hundehaare. Egal. Einmal kräftig drübergepustet.
Passt.
Alles soweit erledigt.
Durch akribische Frühstücksvorbereitungen am Vorabend brauch ich nur noch Knöpfe zu drücken.

Mittlerweile kann ich richtig sehen und sitze vor meinem Handy am Tisch. Der Kaffee duftet heiß in meiner Tasse. Wer hatte nochmal verschlafen?

Das Wörtchen zum Dienstag.

Wenn unser Kind wüsste, wie oft ich ihn hier auf dem Zahn habe, würde er bestimmt „eigenmündig" versuchen, das Wlan-Kabel durchzubeißen.
So hat er mich nur blockiert und vermutlich schon wegen mehreren unsittlichen Beiträgen gemeldet.
Mutter ist nämlich peinlich. Ich war allerdings immer der Meinung: Besser ich dem, als der mir!
Zur Erklärung:
Er sieht aus wie sein Vater. Aber wenn er den Mund aufmacht und spricht, erkennt man sofort, dass auch ich beteiligt bin.
Mit noch nicht mal 2 Jahren konnte er das Wort „Schönheitschirurg" ohne Verzögerung aussprechen.
Was eine tägliche Autofahrt von 70 km doch vermag!
So konnte ich schon sehr früh mit dem Berufswunsch von Mutti für ihren Sohn bei anderen Helikopter-Müttern angeben.

Es dauerte allerdings nicht lange, da kam Verstand in dieses Kind und er meinte dann mit 4 Jahren, dass er andere Berufsziele anstrebe.
Zum Abschluss seiner Kindergarten-Karriere gab's ein Blatt mit Sprüchen für jedes Kind. Unser Sohn bekam einen ganzen Ordner!
So ging es dann weiter ... wie ein roter Sprechfaden zog sich das „Gesagte“ unseres Sohnes durch unser Leben.
Es ist noch nicht allzu lange her, da meinte eine Lehrerin, über ihre unsägliche Schlafstörung jammern zu müssen.
Können die sich nicht zusammenreißen?!!!
Was sagt mein Sohn zu ihr:
„Ich habe einen guten Tipp von meiner Mutter!“
„Oh, das ist aber interessant“, sagte die neugierige Lehrkraft, „dann erzähl mal!“
„Zwei Schlaftabletten, runtergespült mit 3 bis 4 Gläsern schweren Rotweins. Die pennt wie ein Eimer.“
Tja, schon 2 Stunden später bekam ich einen Anruf:
„Frau Arenz, da wäre Gesprächsbedarf unsererseits.“
Tja, was machste??!
Nimmst zwei Flachmänner mit zum Gespräch, damit sich die Situation etwas beruhigt.
Ich bin ja die Mutter meines Sohnes, da weiß man, was kommt!!!

Montag.

Dreimal dürft ihr raten ... welcher Tag ist heute?
Genau, Montag.
Nachdem ich doch recht umständlich von meinem hohen Ross runtergeklettert bin und meine unglaublichen Star-

Allüren ins 0-Grad-Fach unseres Kühlschranks gequetscht habe, kann es ja eigentlich wieder ganz normal weitergehen. So ein schmeichelnder Artikel in einem doch recht bekannten Online-Magazin ... Halleluja!
Wider aller Erwartungen hat das „Mandelhörnchen-Telefon" nicht geklingelt.
Hätte ja sein können, dass doch Samstagabend zeitgleich mit dem Dschungel-Camp-Finale meine Karriere als Z-Promi hätte beginnen können, wollen, sollen! Am Arsch die Räuber.

Ich kann mir zwar sehr gut vorstellen, dass die von „Adam und Eva in Paradise" schon diese Woche mit mir Kontakt aufnehmen, um deren Einschaltquoten mithilfe meines in die Jahre gekommen Körpers in unerdenkliche Höhen zu katapultieren.
Der Grund: Ich habe ein Tattoo.
Jaahhaa ... schon 30 Jahre ... an einer Stelle, wo damals schon mein Gynäkologe meinte: „Na, ja ... wenn der mal die Flutten hängen lässt, sieht es hoffentlich keiner mehr!" Na, erraten?
Richtig. Ein Schmetterling.
Tätowiert in der Froschperspektive, von der Seite in vollem Anflug.
Von vorne dargestellt hätte der doppelt so viel gekostet.
Hatte ich nicht gehabt, die Kohle von vorne.
Also ... nur ein halber Schmetterling. Reicht.
Ich seh mich noch auf dieser Liege.
Meine Zehen umklammerten deren kaltes Eisengestänge.
Der Tätowierer ging im unteren Bereich seiner Arbeit nach, im oberen hielt meine Freundin mir das Beißholz zwischen die Zähne. Ich wusste, gleich war sie an der Reihe:

„Grisu, der Feuerwehrdrache“ auf einer ihrer kleinen Arschbacken.
Sie brauchte ganze 4 Beißhölzer.
Viele Jahre später habe ich mal bei meiner Freundin
nach dem Befinden von „Grisu“ gefragt:
„Tja, er lacht nicht mehr so wie früher … er wirkt eher etwas trauriger“, sagte sie, und dann haben wir mindestens ‘ne halbe Stunde nur gelacht am „Mandelhörnchen-Telefon“, dass wir beide aufgrund unserer Blasenschwäche auf Toilette weitergelacht haben.
Handy kann ja überall hin mit.
Die alten Zeiten … wat herrlich.

Freitag.

Jetzt beginnt ja wieder diese Zeit, wo es morgens und abends noch hell ist, wenn ich mein heimeliges Zuhause am Arsch der Welt verlasse und abends zum finalen „Hausfrauenabschluss-Schuss“ wieder betrete.
Hach, ja … schade irgendwie.

Aber nur schade, weil ich jetzt auf meiner Autofahrt von
„Hü nach Hott“ nicht mehr in die beleuchteten Fenster von anderen Leuten gucken kann.
Das kann ich allerdings auch nur, weil ich mit meiner Art, das Auto zu lenken, keine Geschwindigkeitsrekorde breche.
Ich fahre meinem Alter entsprechend – sagen wir mal so.
Und Auto braucht man hier bei uns genauso wie einen vollen Weinkeller.
Wenn ich so die Medien verfolge, Fernsehn und Radio
geht hier übrigens tadellos, und die mir erzählen, doch mehr das Fahrrad oder die U-Bahn zu benutzen, schlagen sich die

Menschen hier in der Mosel-Eifel-Hunsrück-Region brüllend vor Lachen auf die Schenkel.
Gut, ich habe schon einige Male versucht, hier bei uns am Waldrand den Eingang der U-Bahn zu finden.
Aber erfolglos.
Meinen Großeinkauf inklusive zwei Kisten Sprudel auf einem Fahrrad 35 km nach Hause zu transportieren, habe ich allerdings noch nicht versucht! Obwohl ... wäre bestimmt gut für gegen Cellulite. Muss ich nochmal drüber nachdenken.
Oder ... ne ... doch nicht!
Zum Thema. Ich guck dann, wenn es dunkel ist beim Autofahren, in die Küchen und Wohnzimmer meiner Mitmenschen. Hat da eigentlich schon mal jemand 'ne Doktorarbeit drüber geschrieben?
Allein die Illumination mancher Wohnzimmer mittels eines Neonrings könnte vermutlich ganze Bücher füllen.
Ist so eine Art der Beleuchtung nicht Körperverletzung oder Verletzung der Menschenrechte?? Ich muss da nochmal drüber nachdenken, aber jetzt ist es ja wieder hell morgens und abends. Allerdings werde ich auch jetzt hier mal aufhören mit meiner Erzählerei ... muss noch mit der Taschenlampe den Lichtschalter der Lavalampe in der Küche suchen.
Meine Männer wollen doch ganz gerne ihr Frühstück wenigstens schemenhaft auf ihren Tellern erahnen können.

Montag.

Die Woche ist noch sowas von frisch, regelrecht jungfräulich, aber ich komme nicht umhin, mir und somit auch zwangsläufig meinen Hüften etwas Gutes zu tun. Dieses kleine „Scheißerchen“ auf dem Foto im Anhang ist so ein Brandteig-Ding. Und sollte das noch nicht genug sein, ist dieses prall gefüllt mit einer Art zart duftenden Vanillecreme in cremiger Konsistenz, die beim ersten genussvollen Hineinbeißen aus allen Öffnungen des doch eher offenporigen Backwerkes herausquillt!

Was soll ich sagen, Hüften, Magen und Futterzentrum meines Gehirns schreien jauchzend „Hurra“ und
„mehr davon“.

Es gab natürlich 3 zum Preis von 2. Wie konnte ich da nein sagen???? Und warum?

Weil gestern Sonntag war.

Und weil die Sonne geschienen hat. Und weil ich zu Hause war, während dieser bekloppte, heiße Planet im Februar sowas von weit unten am Himmel steht und in einem so ungünstigen Winkel in unsere Fenster „reinscheinen tut“, um mir unmissverständlich zu verstehen zu geben:

„Na, du Super-Hausfrau ... wie wär’s mal mit putzen?“

Obwohl ich das Gefühl habe, ich tue nichts anderes, aber es ist ja immer so dunkel, auch mit nicht vorhandenem Neonring!
Fakt ist: Unsere Fenster sehen aus, als hätten sie mindestens 100 Jahre am Meeresboden verbracht.
Und diese Spinnweben in den Ecken ... die Spinnen haben für Karneval schon Luftschlangen über ihre staubigen Kunstwerke gehangen.
Aber jetzt meine Frage: Wo sind die Spinnen??!! Wenn unser Sohn sie nicht aus Versehen platt getreten hat.
In unserem Schlafzimmer?
Sind das die Spinnen, die man im Laufe eines Lebens nachts mal so flott verschluckt?
Zuerst Spaß in unserem Wohnzimmer, dann – nachdem sie ihre Ehemänner nach dem Koitus mit Genuss verspeist haben, in meinen leicht geöffneten Mund, während meiner dritten Rem-Phase?
Eine nach der anderen.
Vermutlich trällern sie dabei das Liedchen der 7 Zwerge, bevor sie abtauchen.
Würg ... Da bleibt nur das Verschlingen dreier total fettiger Brandteigkugeln mit Füllung.
Was meine Magensäure nicht schafft, kriegt das Backwerk hin! Bestimmt ... ganz bestimmt ... oder ... hmm ... Ich denk lieber nicht drüber nach ...

Mittwoch.

Die Welt steht leider immer noch Kopf und für mich gibt's zwei Optionen: Zieh ich mich zurück und werde bei diesen sch ... Gedanken bekloppt, oder versuche ich euch mit meiner wirklich wichtigen Kolumne zum Schmunzeln zu bringen. Das lenkt mich ab.

Ein paar Minuten könnte es funktionieren.

Bei „Langsam-Lesern" vielleicht sogar 'ne halbe Stunde!

Also ... es war einmal.

Hab ich euch schon die Geschichte erzählt, als ich um die Hand von Herrn Arenz angehalten habe?? Bestimmt, 'ne?

Okay, dann erzähl ich sie nochmal ...

Herr Arenz und ich hatten schon über 10 Jahre in unglaublich wilder Ehe gelebt und unser damals noch unehelicher Sohn konnte schon lange das Auto von Opa über den Firmenhof lenken. Er war ja schon 3!

Also, ich wollte nie heiraten, musste dich auch nicht scheiden lassen und diesen blöden Papierkram erledigen.

Herr Arenz allerdings wollte unser „Bratkartoffel-Verhältnis" irgendwie offiziell machen! Er wollte sagen:

„Das ist meine Frau!“, und nicht: „Das hier ist meine aktuelle Bettgeschichte.“
Ich fand Letzteres amüsanter ... aber gut!

Wenn er glücklich ist, bin ich es auch.
An einem Wochentag, kurz nach dem Abendessen, habe ich mich dann auf die Knie geschmissen und um die rechte Hand von Herrn Arenz angehalten.
Nach doch kurzem Zögern und meinem Kommentar: „Mach flott mit deiner Entscheidung, ich muss noch an die Waschmaschine“, hat er – natürlich total glücklich – zugestimmt.
Ich bin dann in den Keller und er ... keine Ahnung, ich war ja im Keller!!
Jetzt flott die Papiere besorgt.
(Wo war meine Geburtsurkunde ... war ich am Ende gar nicht geboren, sondern nur eine Fantasterei meiner Eltern?
Ach, ja ... da war sie!)
Eine große Herausforderung und meine Heiratsbedingung war der Vollzug einer ganz heimlichen Hochzeit.
Sie war sooo heimlich, dass ich bis heute nicht wirklich weiß, wann dieser Tag war ... Irgend so ein Gedönse in der Kirche mit einem weißen Kleid in Größe 34, obwohl ich damals Größe 40 hatte, und ‘nem Pastor, der mir erzählt, wie das Leben geht ... neeeeee!

Nicht mit mir. Jede weiße Hochzeit, die ich als Gast über Jahrzehnte besucht habe, wurde nach geraumer Zeit wieder spektakulär geschieden!
Diesen Tag der „offiziellen Verschmelzung unserer unglaublichen Liebe“ sogar vor unseren Eltern zu verheimlichen, war schon mit einigen Widrigkeiten verbunden!
In meiner Heimatstadt konnte ich nicht heiraten.

Die Gefahr, dass mein Cousin als der zuständige Standesbeamte vor uns stand, war groß. Nun denn, ich war ja noch woanders gemeldet.
Flott dahin, Termin klar gemacht.
Ein Unsicherheitsfaktor war auch noch unser 6-jähriger Sohn.
Wie konnte ich ihn zum Schweigen bringen, ohne dass ich ins Gefängnis muss? Das ging tatsächlich ziemlich schnell. Er verlangte zwei Dosen „Furzschleim" inklusive Nachschub, wenn der bis zum Hochzeitstag aufgepupst war.
Okay. Das war einfach.
Jetzt noch die Trauzeugen ... Schwestern ging ja nicht ... Freunde.
Ja ... genau, Freunde!
Nur ... wo bekommt man die so schnell her?
Um unser Geheimnis zu perfektionieren, hatte ich den perfiden Plan, ein befreundetes Ehepaar zu fragen.
Unser Freund hat eine körperliche Behinderung und – ganz wichtig – sehr viel schwarzen Humor.
Mit seinem Sonderschein zum Parken konnten wir das Auto hinter dem Standesamt verstecken.
Keiner konnte etwas ahnen. Also der Spaß an diesem Tag war genau nach unser aller Gusto.
Herrlich.
Der Tag war dann plötzlich da.
Ich in einem schwarzen Kleid mit weißen Punkten und einem Dekolleté, dass selbst mir schwindelig wurde.
Herr Arenz im Anzug und schwarzer Krawatte, die ebenfalls weiße Punkte hatte.
Also optisch der Knaller.
Schnell ins Standesamt.

Vor uns heiratete gerade eine Großfamilie. Aus dem kleinen Hochzeitszimmer strömten gefühlt 200 Leute, mehr oder weniger glücklich. Das dazugehörige Brautpaar war in der Menge nicht auszumachen.
Der nächste bitte!!
„Hola, das ist aber übersichtlich", freute sich der Standesbeamte.
Unser Sohn: „Wann sind wir hier endlich fertig?"
Recht hatte er!!
„Tja", raunte der nette Mann, „was soll ich Ihnen nach 16 gemeinsamen Jahren noch erzählen? Bringen wir es hinter uns!!" Ein Standesbeamter ganz nach unserem Geschmack!! Es ging alles sehr schnell.
Nachdem ich dem verwunderten Standesbeamten erklärt hatte, wie man 16 Jahre unverheiratet ohne den Verlust eines Körperteils übersteht, konnte er dann endlich zur Tat schreiten.
Unser Sohn war mittlerweile halb liegend auf den Unterlagen eingeschlafen. Alles Gute weiterhin und auf Wiedersehn!

Dann flott, an der „wartenden" Presse vorbei ins nahegelegene Restaurant. Da haben wir uns noch gediegen einen gegeben. Nun aber noch flotter nach Hause.
Der nächste Plan war, dieses umwerfende Ereignis am Tage drauf mithilfe eines kleinen Sommerfestes der Familie näherzubringen.
Der Garten musste aufgepimpt, Getränke, Futter und dann noch die Hochzeitstorte abgeholt werden.
Ein fetter Traum in Buttercreme, gekrönt von einem knutschenden, dicklichen Hochzeitspaar.
Perfekt.

So ca. 25 Menschen inklusive Geschwister und Eltern waren geladen. Nichts Ungewöhnliches.
Ein Gast auf einer unserer Feiern zu sein, bedeutet:
Du kannst getrost volltrunken, angesäuselt oder aber auch vollkommen nüchtern (nur im Falle von Schwangerschaft) tot vom Stuhl fallen.
Unsere illustre Gästeliste beinhaltete 2 Bestatter, 1x Arzt, 1x Physiotherapeutin, 4x Steinmetze zum Erstellen der Grabanlage, 1x Buchhaltung, um auszurechnen, was der ganze „Larifari" kosten tut, 1x Schwiegermutter und Mutter zum Vergießen von etwaigen Tränen.

Leider nicht vertreten sind 1 x Elektriker, „Gas-Wasser-Scheiße" und geistlicher Beistand. Schade!! Nun denn.
Die Gäste trudelten ein. „Das sieht ja hier aus, als ob die Beiden geheiratet hätten!!", hörte ich den Bestatter sagen. „Nie im Leben", antwortete der Arzt, „eher lass ich mich kahl rasieren!"
Ich ins Bad und den Haarschneider von Herrn Arenz noch flott in die Aufladestation gestellt.
Das könnte noch lustiger werden, als ich dachte!
Sektempfang, herzliche Begrüßung ... das tägliche Procedere bei Besuch.
Die Stunden vergingen, das Buffet war leergefegt, die meisten Gäste hatten schon ein bisschen die „Lampen am brennen". Es dämmerte und die spektakuläre Hochzeitstorte, mit der wir unseren Gästen das Heiratsereignis mitteilen wollen, stand immer noch im Kühlschrank. Total vergessen.
Bis unser Sohn flüsternd vor mir stand:
„Mama, meine 2 Dosen Furzschleim sind ausgepupst, wann sagen wir denn, dass wir geheiratet haben?" Oh, stimmt ... jetzt aber flott.

Meine Schwester sah schon nach Aufbruch aus ...
Wir drei wie verabredet zum Kühlschrank, Torte rausgeholt, Wunderkerzen an und schon leicht angesäuselt in den Garten vor unsere Gäste positioniert.
Herr Arenz räusperte, die Torte tragend, laut vor sich hin. 50 Augen starrten auf die Torte, auf uns, nochmal auf die Torte und sich dann gegenseitig an.
Stille.
Einer hat noch gerülpst ...
Also, wenn einer so auf einer Gartenparty rülpst und alle sind still, dann könnte man auch denken, Kanalarbeiter wären bei der Arbeit!
Ich war die Einzige, die darüber gelacht hat. Der Rest starrte immer noch auf die Torte und uns.
Ich denke mal, jeder wusste, was das war, aber keiner wollte es glauben.
„Wir haben gestern geheiratet“, durchbrach Herr Arenz diese doch recht unheimliche Situation.

Immer noch kein Ton. Also, ich habe so viele Menschen noch nie so lange schweigen hören!
Ich fand es sehr amüsant.
Meine Schwägerin hat die Situation dann nach ca. 5 Minuten gerettet, in dem sie aufsprang und „Herzlichen Glückwunsch“ schreiend auf uns zu rannte. Die Schockstarre war aufgehoben.
Unser Arztfreund zog sich die mitgebrachte Kappe über das noch vorhandene Haar, der Bestatter-Freund packte die eiligst herbeigezogenen Schreibutensilien wieder ein.
Doch kein Auftrag!

Während mein Vater wie ein Hund auf der Kirmes durch den

Garten rannte, meine Mutter in ähnlicher Verwirrtheit hinterher, beschloss der Rest der Verwandtschaft, diesen Schock mit unserem berühmten „Familien-Schnaps“ zu überwinden. Das Sommerfest war beendet, jetzt hoch die Tassen für das liebliche Hochzeitspaar!
Es dauerte Stunden, bis der Schock überwunden war und die Gästeanzahl sich in den Augen eines so manchen Gastes fast verdreifacht hatte.
Die Sonne ging auf am Arsch der Welt, da löste sich die illustre Gesellschaft allmählich auf – nicht in ihre Einzelteile, aber kurz davor. Halleluja!
Jaaaa, und jetzt die Hochzeitsnacht.
Da schießen einem Bilder in den Kopf, da kann keine Hollywood-Liebesszene gegen anstinken!
„9 1/2 Wochen“ mit einem Küchentisch aus Granit, auf der sich dein Hintern 'nen Gefrierband holt! Genauso, wie sich das jetzt in euren Köpfen abspielt ... so ... war's ... **nicht.**
Wir waren froh, dass wir in unserem Haus noch die Betten gefunden haben. Ich bin einfach nach vorne gefallen und hatte beim Aufwachen aus dem Koma noch meine Brille auf. Und den Abdruck noch 'ne Woche später im Gesicht.
Wo Herr Arenz lag, war mir egal.
Ich hatte ja – nach seinem Ableben – jetzt Anspruch auf einen Teil seiner Rente. Aber ... auch er hat es überlebt ... unsere Hochzeitsnacht!

„Du warst klasse, letzte Nacht“, hab ich geraunt, und er hat genüsslich gegrinst!
Der wusste 100 pro nix mehr! Meine Mutter ruft noch jedes Jahr an: „Ihr habt heute Hochzeitstag!“ Oh, echt? Und den Wievielten? Keine Ahnung ... Wir haben ja soooo heimlich geheiratet ...

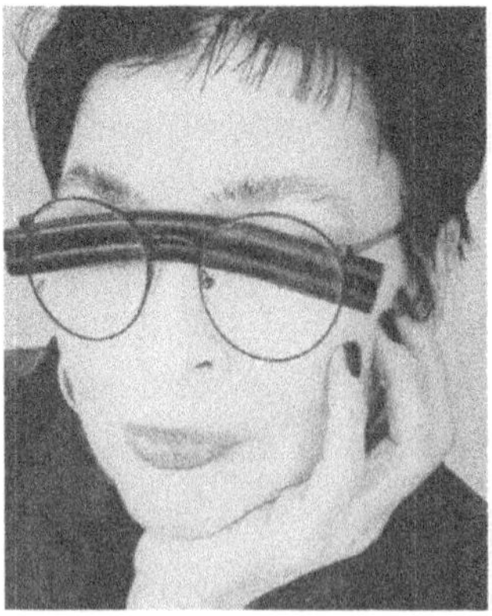

Mittwoch.

„Happy Hanf-Tag“ oder wie die Leute hier immer sagen ...
Ich habe mir mal zwei Lakritzstangen vor die Augen geklemmt.
Zum einen, weil ich so das Elend der Welt und die Spritpreise nicht sehe und zum anderen, weil heute Abend wieder der „Bachelor“ über die Fernsehbildschirm „schwänzelt“.
Auf meiner verzweifelten Suche nach abendlichen Kurzweil in der Flimmerkiste, wenn ich mit einer besonders heißen Wärmflasche versuche, die bevölkerungsreichsten Städte Afrikas auf meinem Bauch zum Leuchten zu bringen, versagte meine batterieschwache Fernbedienung auf dem Sender mit diesem Typ, der aussieht wie Ken und in der Badebuxxe wirkt, als hätte er da gleich 3 mittelalterliche „Schamkapseln“ verschachtelt. Halleluja.
Dann liegt der da so am Pool ... Meine Augen werden immer größer ... jetzt ‘nen Schnaps wäre prima!
Ihm gegenüber 7 Mädels, alle lange Haare, lange Beine, Lippen und Oberweite so aufgeblasen, dass man die gesamten Passagiere der Titanic hätte damit retten können! Die räkeln

sich also alle so am Pool rum und jede versucht natürlich, den „verkapselten“ Ritter gegenüber auf sich aufmerksam zu machen!
„Hallo … ihr schönen Frauen“, speichelt er so vor sich hin!

Die Mädels glätten nervös ihr langes Haar und versuchen, nicht in Ohnmacht zu fallen. Jede fühlt sich angesprochen. Ich natürlich auch und denke gerade an mein zuletzt gesehenes Spiegelbild ..., blass, kleine Augen, das ganze Gesicht glänzt von meiner nagelneuen Feuchtigkeitscreme. Egal ... gleich bekomme ich die vorletzte Rose!

Dann sucht er sich so ein, zwei, drei Damen aus, die er auf ein riesiges Fluffibett einlädt.
Oh Gott, der gestrige Weltfrauentag ist echt ab jetzt im Po!
Alle wollen den haben und um das zu erreichen, lassen sie schon nach dem Bruchteil einer Sekunde zu, dass er sie vollsülzt.
„Du bist so wunderschön, darf ich dich anfassen?“
Na, wenigstens fragt er noch.
„Nur ein bisschen knutschen“, antwortet das vor sich hinfließende Mädchen!
Dann geht's los ... seichte Musik, der Kameramann entzündet die Gartenlaterne.
Zwischendurch eine kleine Zwischensequenz der anderen Damen, die sich auf der dazu bereitgestellten Couch die Augen auskratzen.
Planet der Affenmädchen …

Donnerstag.

Gestern war ja „Hanf-Tag“ ... Ich würde sagen, dann ist heute „Marihuana-Donnerstag“ ... Ich bin ganz wuschig.
Gestern hatte der „Bachelor“ wieder sein Kommen angekündigt und ich habe mich gegenüber meinen medien-interessierten Followern natürlich verpflichtet gefühlt.
Eine muss das gucken und bis ins Detail analysieren!!
Aber gestern war das letzte Mal ... Versprochen!
Also ... während Ken gleichzeitig zwei Barbies verbal bespaßt, kratzen sich ja die anderen auf dafür vorgesehenen „Kratz-Couchen“ die Augen aus.

Twinki, Po und Dinki unterhalten sich gerade darüber, wie intelligent Ken doch ist und welche von den Mädels er vielleicht gleich mit aufs Fluffibett nimmt. Die Spannung steigt.
„Hat er Dich schon geküsst?“, fragt Tina die Bibi.
Während Ken sich lasziv an eine dafür vorgesehene Palme stützt, um auch noch dem letzten Zuschauer zu vermitteln, dass er ein echter Kerl ist, lädt er Chayenne-Chantalle zum Einzeldate ein.
Das muss er im Stehen machen, weil gehen und gleichzeitig sprechen geht schon allein wegen der eingearbeiteten Schamkapsel in der Badebuxxe nicht.

Chayenne-Chantalle bekommt vom Ken ein rotes Kleidchen geliehen, um das beim Date zu tragen.
Der Rest der Bande steht kurz vorm Nervenzusammenbruch.
„Ich dachte, er liebt mich!“, flüstern alle tränenüberströmt auf der Kratz-Couch.
Tja, und dann bleibt Ken auch noch über Nacht mit seiner Perle weg!

Halleluja! Beim nachfolgenden Interview kann es Ken kaum in Worte fassen.
„Es war magisch." ... hat aber schon das rote Kleid in der Hand, um es gleich – noch warm – der schüchternen Twinki zu übergeben.
„Ich bin so aufgeregt", flüstert er ihr ins Öhrchen.
Das nächste „Grapsch-Date" habe ich dann leider verpasst, weil ich vor lauter Erschöpfung eingeschlafen bin.
Selbst mich hat der Bachelor in die Matratze gedrückt!
Also Fernsehunterhaltung auf höchstem Niveau ... interessante Gespräche, tolle Bikinis und viel frisches Fleisch mit Aussicht auf den „Bachelor in Paradise" im nächsten Jahr!
Isch tu misch freuen!
Vielleicht meld ich mich ja auch mal da.
Ich seh mich schon in dem roten Kleid ... Es wird magisch!

Freitag.

Freu-Tag oder nach dem Marihuana-Donnerstag vielleicht mal Valium-Freitag.

Das bräuchte ich nämlich jetzt, nachdem ich das Radio angeschaltet habe.
Der selbsternannte „Welt-Friedensengel" atmet leider noch ... aber ich gebe die Hoffnung nicht auf ... Wo wohnen nochmal diese Superhelden?
Iron Man, Hulk, Superman und Superwoman?
Ihr könntet euch dann doch jetzt mal auf den Weg machen.

Nichtsdestotrotz bin ich weiter auf der Suche nach Dingen, die einem unser aller zurzeit etwas schwieriges Leben etwas „versüßen".

Da wären Lakritz-Schnecken, die man sich hinter die Brille klemmen kann, und natürlich wieder mal ein Fernseh-Abend mit Wärmflasche, Heizdecke, Tee und einer Bettvorrichtung, die meine Beine und den dazugehörigen Oberkörper auf Knopfdruck in Stellungen versetzen kann, dagegen ist Kamasutra eine leichte Turnübung.

Nachdem der Bachelor vermutlich bis nächste Woche jede Menge Kühl-Akkus braucht, um die glühende Badebuxxe auf Normaltemperatur zu bringen, habe ich gestern unserer „Heidi" mit Hans und Franz im Anhang meine ganze Aufmerksamkeit geschenkt.
Die hatten „Umstyling", will heißen, jede Menge Geschrei und echte Tränen.
Man bekommt da schon den Eindruck, dass man mit einer Kurzhaarfrisur sein Recht auf Leben verwirkt hat!
Das Heidi rennt dann fröhlich miepend durch die Menge und man fragt sich, warum sie vergessen hat, eine Hose anzuziehen ... gut, da bin ich vermutlich nicht ganz frei von Neid, aber ich bin ja froh, dass sie überhaupt was anhat und nicht

ihr bärtiges Ungeheuer knutschend an ihrem Bein hängt und Eigenkompositionen trällert.
Ohhhh ... böse! Alles Neid, ich weiß!
Also in der Zusammenfassung wird eigentlich nur geschrien, sei es beim „Exschtenschens“ entfernen oder aber auch in der Model-Villa, wo der Rest der Mädels wohl zum ersten Mal ‘ne Badewanne sieht!
Nur die Damen meiner Altersfraktion, die jetzt auch bei unserer Heidi die Quote steigern sollen, bleiben cool und besonnen.
Badewanne und Küche kennt man in unserem Alter!! Die werden sich wie ich mittlerweile ’nen saftigen Tinnitus eingefangen haben!
So. Ich schrei mich jetzt mal kurz weg ... das Telefon klingelt ... der Auftragskiller ...

Montag.

Mein in Blau und Gelb leuchtendes Hamsterrad hat schon einige Umdrehungen hinter sich gebracht. Keine Schraube locker.
Es kann losgehen mit der Woche ...

Im Zuge meiner unermüdlichen Suche nach einem zuverlässigen Auftragskiller für Herrn P. in R. bin ich hier bei Insta leider nur auf die üblichen Lappen gestoßen.
Mist, aber ich geb nicht auf!!
Wesentlich erfolgreicher war ich wieder mal bei Suche nach „Kurzweil“ im TV.
Die Teletubbies und natürlich ein schon leicht staubiger James Bond.
Der Bachelor der Generation meiner Mutter.

Die Thematik des bevorstehenden Untergangs der Welt ist erstaunlich aktuell und ich vermute einfach mal, da will uns die GEZ zeigen, dass man solche Probleme ganz flott innerhalb von 2,5 Stunden, 4 Martinis und jeder Menge unglaublicher Erotik der 60er Jahre lösen kann.
Und ich bezahl vierteljährlich 52,00 €!
Das nenn ich mal Problemlösung.
Es gab ja einige Bonds.
Der gestern wurde dargestellt von Sean Connery. Den kennt man ja noch ... also meine Generation.
Ich muss sagen, mit dem seiner voluminösen Körperbehaarung hätte der auch die Hauptrolle im Planet der Affen spielen können. Halleluja. Egal.
Er kämpft sich durch die böse Welt in einer hautengen Badebuxxe und Bademantel.
Und an jeder Straßenecke liegt oder steht schon – eher zufällig – eine wunderschöne Frau mit Hochsteckfrisur und Bikini. Die will der James unbedingt flachlegen, obwohl sie sich „unglaublich" sträubt.
„Oh no, James ... " ist erst mal oberste Prämisse.
Welt retten kann er auch noch danach. Zumal dann wieder Blut in seiner Birne ist. Das dauert auch nur ein paar Sekunden ...
Gezeigt wird ein leidenschaftliches Aufeinanderpressen beider Münder.
Leidenschaftliches Gerangel beider Akteure in der Besenkammer, unter der Supermarktkasse, im Dixi-Klo ..., das Übliche.
Ich hol mir in der Zeit ein paar Erdnüsse, um meine unglaubliche Erregung etwas zu kompensieren.
Herr Arenz gähnt. So. Fertig.

Meistens erschießt er die Dame direkt nach diesen Körperübungen.
Vermutlich will Bond nicht, dass sie überall erzählt, wie schlecht er im Bett ... äh Boot ... in der Raumkapsel ist. Verständlich. Und weil er noch 'ne Kugel im Kulli hat, macht er kurz drauf auch noch das Böse der Welt platt. Fertig!
So geht's doch auch!

Das Wörtchen zum Dienstag.

Wie gewohnt zu einer Uhrzeit, bei sich so manch einer in seiner schönen warmen, über Nacht bisschen stinkig gewordenen Flohkiste nochmal rumdreht.

Ich bin ja nachweislich eine Frühaufsteherin.
Ehrlicherweise nicht, weil ich will, sondern weil ich muss.
Und weil ich schon so früh aufstehe und hier bei mir zu Hause schon bis halb 6 die halbe Welt auf links drehe, bin ich natürlich auch schnell wieder müde. Um 8 Uhr könnte ich schon Mittag machen, inklusive reichhaltigem Mittagessen und dazugehörigem Schläfchen.
Leider sitze ich dann allerdings meist im Auto und fahre so vor mich hin.

Also Mittagsschlaf nicht angebracht. Früher, als ich noch jung war ... ähm ... so vor 40 Jahren … war ich doch tatsächlich besser organisiert.
Da konnte ich in der Woche bis 3 oder 4 Uhr morgens auf der Piste sein. Bisschen ins Bett, bisschen geschlummert ... um 6 Uhr habe ich wieder auf der Matte gestanden.
Nicht allzu frisch, aber wach. Ging gut.
Mein Restauratorenchef und ich mussten dann eh erst mal ein bisschen Autofahren ... so Burgen und Schlösser stehn ja nicht an jeder Straßenecke.
Er fuhr und mir fiel schon nach 3 Sekunden mit lautem Bums meine Birne gegen die Seitenscheibe. Weg war ich.
Zwischendurch versuchte mein Vorgesetzter mir unverfängliche Fragen zu stellen, die ich natürlich im Halbschlaf nicht richtig mitbekommen habe. Ich richtete mich auf und antwortete immer:
„Ne, ich riech nix“ oder „Ne, ich hör nix.“

Das hat ihm vermutlich gereicht.
Es kamen nie Rückfragen!
Ich vermute mal, er war selbst noch nicht richtig wach. Nun denn, etwas problematisch wurde es dann, wenn mein Chef auch mal die Nacht zum Tag gemacht hatte …
„Am besten fährst du, ich setz’ mich mal nebenan!“
Oh, weia!
Während ich noch in der Gangschaltung rührte, hörte ich schon seine Birne gegen die Seitenscheibe pollern! Weg war er. Tja, nützt nix.
Wir müssen ja auf die Burg, da wartete ein Wandgemälde auf uns!
Während meiner Fahrerei wurde ich so langsam wach, weil falsch schalten macht ja Krach.

Und um mir den Spaß noch zu vergrößern, habe ich meinen Chef dann auch mal einfach was gefragt.
Sofort hat er sich aufgerichtet:
„Ich riech nix“, hat er gemurmelt und rums, weg war er wieder. Hach ... schön.

Mittwoch.

Happy „Hanftag“ meine Lieben!
Diese unsere Zeiten hier sind ja wirklich so gestrickt, da könnte man schön gediegen mal 2 bis 3 Hanftage einlegen ...
Ich habe zwar von diesen Dingen wenig bzw. gar keine Ahnung, weiß allerdings, dass es nicht reicht, morgens früh unter der Dusche mal kräftig den Geruch meines Duschzeuges zu inhalieren.
Da sind nämlich 0,003 % „Hanfanteile“ drinne.

Das reicht mal grade, um meiner wallenden Mähne etwas Glanz zu verleihen.
Ich müsste doch vielleicht in den Keller.

Da sind doch diese etwas älteren Wasserrohre mit Hanf umwickelt, so als eine Art Dichtungsmittel oder war das Verzierung?
Diese Restbestände könnte ich ja entweder aufessen oder unter meine Nase binden.
Aber haben die nach über 50 Jahren noch die Wirkstoffe, die ich jetzt bräuchte???
Schokolade, während und nach den Nachrichten eingesetzt, hilft nur stundenweise.

Es soll ja auch Leute geben, die an Klebstoff schnuppern, um in Sphären zu gelangen, die nie ein Mensch zuvor gesehen hat.
Da könnte aber mein Gehirn-Inhalt Schaden nehmen.
Lieber nicht!
Obwohl ich mich erinnern kann, dass wir früher im Kunstunterricht Styropor-Kunstwerke hergestellt haben ...

Dazu wurde irgendein Elefant, afrikanisch oder indisch – egal, aufgemalt und diese Linien wurden dann mit „Pattex" nachgezogen.
Es dampfte fürchterlich und der Klebstoff brannte sich ganz tief runter. Fertig war das Kunstwerk. Es hat total scharf, fremd und sehr intensiv gerochen.
Um das Projekt unserer Lehrerin noch zu intensivieren, wurden alle Fenster verrammelt.
„So, Kinder, jetzt alle mal tief durchatmen!" Der Rest ist Geschichte ... Ich vermute mal, die hatte auch zu wenig Hanf im Shampoo! Lebt die eigentlich noch?
Vermutlich mittlerweile explodiert aufgrund ihrer über Jahre eingeatmeten Inhaltsstoffe.

Shisha-Donnerstag.

Die Zeit rast, die Welt ist bekloppt, die Shisha kokelt vor sich hin.

Ich weiß, ich wollte nicht mehr ... nie mehr.

Aber gestern Abend kam die Mutter vom Bachelor im Fernsehn.

Es ging nicht anders. Das musste ich sehn!

Tee, Wärmflasche. Ich war auf alles vorbereitet.

Die restlichen 5 Damen ... oder waren es noch 6? ... egal, sollten auf der mexikanischen Schlachtbank der Mutti vorgestellt werden.

„Mama will bestimmt wissen, ob ich mit jeder geknutscht habe!“

Nee, Mutti wollte eigentlich nur wissen, ob die Damen bereit wären, sie zur Oma zu machen!

Uih ... freudig erregt klatschten Tinki, Dinki, Po und der Rest in die Hände!

„Oh, ja, natürlich!!“ Wäre das geklärt!

Also ich hätte ja als Erstes mal gefragt, ob die genug Kohle nach Hause bringen, um auch Schwiegermama des Öfteren mit Geschenken zu beglücken.

Man will doch seinen Sohn abgesichert wissen!

Nun denn.

„Mutti, welche gefällt dir denn?“, fragt Ken vollkommen in sich gekehrt seine Mutti.

„Er ist so einfühlsam und denkt immer so viel nach ... “, sagt Mutti im Interview.

Klaro, wenn du von 5 Mädels nur EINE offiziell flachlegen darfst ... das sind Probleme.

Dann noch flott mit jeder ein Einzeldate, wobei sich Ken schon sicherheitshalber ein gaanz großes Badetuch über das viel zu enge C&A-Büxxchen legt ...

„Die sind alle sooo magisch!“, flüstert er vollkommen verzweifelt.
Ja, und die Teletubbies stehn kurz vorm Nervenzusammenbruch!
„Ich will ihn so sehr ...“

Tja, Mädels ... die Ziege wollte auch 'nen langen Schwanz!!
Oh, sorry, das war jetzt unpassend oder, 'ne?
... passt doch!
Ken führt tolle Gespräche, sinnfrei. Aber toll.
Ähnlich wie meine erste große Liebe und ich ... damals Bärengruppe, Kindergarten. Während Peter in der Bastelecke eine maßstabsgetreue Guillotine mit Lego nachbaute und Franz-Josef in der Puppenecke am Stuhl festgebunden war (er war wohl so ein ADHS-Kind, wusste ja keiner 1970 ... und so fixiert war Ruhe im Puff!), machte mir Alex einen Heiratsantrag.

„Geht aber nur, wenn ich das Parfum deiner Mutter bekomme“, machte ich zur Bedingung.
Kam nie, also auch keine Hochzeit! So nicht ... nicht mit mir!

Valium-Freitag!

Da haben wir doch alle glücksbringenden Rauch- und Schnüffelsachen schon wieder durch!
Meine heile, rosafarbene Welt dreht sich weiterhin sehr holprig und ihre in die Jahre gekommenen Scharniere werden irgendwie von niemanden geölt zurzeit ...
Im Gegenteil ...

Ich für meinen Teil habe alle helfenden „Heiligen", die ich in über 20 Jahre restauriert habe, mal vorsichtshalber um ihren Beistand gebeten.
Ich habe Petrus schon ein paar Mal die Schlüssel vergoldet, der Hl. Katharina das Rad wieder zum Laufen gebracht, unserem Jesus am Kreuz schon so oft den Lendenschurz verschönert, dem Hl. Rochus die Pestbeule wieder so schön angemalt, dass selbst mir beim Anblick übel wurde!
Alle heiligen Damen haben von mir so schöne Lippen gemalt bekommen, dass mein Chef jedes Mal fragte:
„Wieso sehen die Damen nach der Restaurierung irgendwie immer alle aus wie du?"

Keine Ahnung, aber sie haben sich ganz bestimmt gefreut!!
Da sie jetzt alle wieder runderneuert sind, könnte man hier auf dem Planeten mal wieder Ordnung schaffen.
Es gibt viel zu tun! Und falls ein Arm abbricht oder das Gewand zerreißt ... keine Sorge. Kriege ich wieder hin. Versprochen!

Montag.

Sach mal, wie oft hatte ich eigentlich schon Montag im Leben? Ich muss das mal ausrechnen ... Wesentlich wichtiger ist erst mal mein neues „Schnäppchen".(siehe Foto)
Ich trage neuen Schmuck.

Eine mehrfach um meinen Truthahnhals gewickelte, in zarten Tönen gehaltene Kette und eine Uhr, ebenfalls aus edelsten Materialien, welche immer 8 Uhr anzeigt.
Klasse, oder?
Und wenn es mir nicht mehr gefällt, ess ich es einfach auf!
Das legt sich dann wiederum ein bisschen auf meine Hüften, was auch ganz toll aussieht.
Besonders, wenn sie aus meinem engen Hosenbund ploppen, weil die Buxxe zu eng ist.
Gekauft habe ich dieses tolle Schmuck-Ensemble recht günstig an der Supermarktkasse.
Vor mir hatte sich noch ein kleines Mädchen so lange weggeschrien, bis deren Mutti auch zugegriffen hat.
Das Kind hat Geschmack.
Ich muss mich an der Kasse nicht mehr wegschreien. Obwohl ... man könnte es mal versuchen ...
Bevor dieser chinesische Flughund Covid Wuhan als Weihnachtsbraten in China serviert wurde und die komplette Welt verseucht hat, war die Schlange an der Supermarktkasse einer meiner liebsten Aufenthaltsorte.

Man konnte da morgens schon Spaß haben.
Und zwar immer dann, wenn eine Kassiererin mich gaaanz am Ende der Schlange schon erkannte!

Und um ja keine Zeit zu verschwenden, hat man sich schon 1 km auseinander angefangen zu unterhalten.
Schön laut, damit es jeder hören konnte!
„Guten Morgen Petra! Wie geht's dir? Na, wie viele Grabsteine haste letzte Woche verkloppt?"
Hach, herrlich!
Die komplette Warteschlange dreht sich mit großen Augen zu mir rum, in Erwartung des Anblicks vom leibhaftigem „Todesengel", der Fritten kauft.

„Jaaa, schon einige", schrei ich zurück, „und dein Knie?" Während sie gewissenhaft abkassiert, schreit sie: „Ich kann da jetzt doch nicht operiert werden, da sind Darmbakterien drin!"
Man hätte eine Banane fallen hören können.
„Ach, und wie kommen die von da hinten bei dir an das Knie da vorne?", frage ich interessiert.
Die komplette Warteschlange wartete auf ihre Antwort ... aber da war ich schon dran mit bezahlen.

„Das erzähl ich dir nächste Woche ... is' jetzt zu viel!"
Wir grinsen uns beide zufrieden ins Gesicht.
Nur nicht lachen!
Was für ein herrlicher Morgen!

Natürlich können wir hier nicht alle das Gleiche lustig finden. Wir nehmen ja nicht alle die gleichen Medikamente.

Das Wörtchen zum Dienstag.

... am Dienstag natürlich.
Nach der spektakulären Veröffentlichung meines Posts gestern find ich den, natürlich irgendwo mal wieder geklauten, Spruch sehr passend!!

Aufgrund der vielen humorvollen Kommentare habe ich das Gefühl: Meine liebenswerten, bezaubernden Follower nehmen doch tatsächlich ähnliche Medikamente wie ich.
Ein kleiner Prozentsatz lobte die Geschmeidigkeit und Eleganz des von mir unglaublich heiß präsentierten Schmuckes in den höchsten Tönen ... der Rest wollte einfach nur wissen, wie denn diese „Darmbakterienscheißerchen" in und um das Knie dieser Supermarktkassiererin gekommen sind!

Tja ... also ... so richtig weiß ich das auch nicht.
Bin ja keine Knie-Proktologin.
Ich könnte mir allerdings vorstellen, dass die Bakterien aufgrund von Klimaveränderung am Po in Richtung Knie gewandert sind, um sich da friedlich niederzulassen und neue Familien zu gründen.

Sowas hat es ja schon immer in der Menschheitsgeschichte gegeben! So ein Knie hat ja schon was ... und die ehemaligen Darm-Bakterien können endlich mal gucken, was vorne los ist!
Ich konnte übrigens auch nie richtig nachfragen, weil meine Bekannte, der „Bakterienherd", ab diesem Tag der Spätschicht zugeteilt wurde.
Und ihr wisst: Ich kann nur morgens!
Deren Job hat dann eine Lady übernommen, die mich nachweislich nicht ausstehen kann!
Ich habe ihr nix getan, ehrlich ...!
Sie hat nur mal, während ich in ihrer Kassenschlange stand, zu einer Frau gesagt: „Ich lass mir jetzt mal die Haare wachsen, man sagt, ich sähe immer so unfreundlich und verhärmt aus!"
Tja, ich bildete mir ein, das hätte sie zu mir gesagt ...
Da musste ich ja antworten ... Will ja nicht unhöflich sein!
„Sehr gute Idee ...", hab ich gesagt, „dann lass dir doch am besten den Pony übers ganze Gesicht wachsen, das könnte wirklich helfen ... dir und anderen ..."
Hmmmmm ... seit diesem Tag mag sie mich überhaupt nicht mehr ... Aber ... man kann ja nicht von jedem gemocht werden.
Sie nimmt bestimmt auch andere Medikamente
als ich!

Da issa wieder: **„Happy Hanftag!"**

Kommt auch erstaunlich oft, ne? Gut, genug geschleimt! Heute geht's mal um ... mich natürlich! Also man könnte mir ja ziemlich viel vorwerfen, wenn ich denn mal zuhören würde ...

Ich bin kontrollsüchtig, eine „Prinzipienreiterin" vor dem Herrn, eitel und der Rest in Tüten.

Ich dusche sogar mit Brille!

Ja, richtig gelesen.

Herr Arenz sagt immer: „Mit Brille bist du die schlauste Frau unter der Dusche, die jemals eine Dusche gesehen hat!"

Und dann sitzt er mir so ca. 2 m gegenüber und putzt sich die Zähne.

Wir haben nämlich keine offene Beziehung, aber 'ne „offene" Raumaufteilung.

Wundert mich bis heute, dass mein Mann die Küche nicht gleich in die Dusche montiert hat.

Jedenfalls sitzt er dann da – OHNE Brille – und ich rufe jedes Mal: „Chérie, hab ich eigentlich Cellulite?"

„Also, ich kann nix sehn", ruft er zurück und mehr will ich ja nicht!!!

Wenn er mich mal ärgern wollen würde, müsste er meine rhetorisch gemeinte Frage einfach nur mit „Ja" beantworten!

Aber ... er will ja Essen und saubere Klamotten.

Also, reagiert er sehr, sehr weise! Nun denn ...

Ich schweife ab.

Also, was ich überhaupt nicht bin ... neidisch.

Das ist ja eine der schlimmsten Charaktereigenschaften, die man haben kann!

Da wird man ja auch gelb von, sagen die Leute.

Ich freu mich für jeden, der das hat, was er möchte. Meistens.
Ja, es gibt eine einzige Ausnahme:
Aufgeräumte Küchenschränke und Schubladen.
Da gibt's ja Spezialisten, die haben es echt drauf. Da liegt oder steht alles an seinem Platz.
Nummeriert, nach Farben und Schüsselgröße geordnet.
Das finde ich soo klasse ... nur ich bekomme das nicht hin!
Ich muss beim Einräumen von Geschirr und Ähnlichem mit einer meiner Speckhüften die Schranktür fixieren, nur einen Spalt öffnen und rein mit der Schüssel.
Dann die Tür gaanz flott wieder zu. Nochmal dagegen hauen. Fertig.
Pech für den, der die Tür wieder öffnet!
Tja, so ist das. Aus diesem Grund schaue ich oft neidisch in die Schubladen meiner Freundin.
Der Neid ist allerdings nicht so groß, dass ich bei mir etwas ändern würde.
Ich freu mich halt für sie. Das ist weniger anstrengend ... sonst müsste ich ja noch früher aufstehen ... um alles zu ordnen!
Neeee!!

Marihuana-Donnerstag.

Da bin ich wieder: die „Geschichten-Dealerin" ...
Ich war wieder im Bett ... mit dem Bachelor. Und meiner Wärmflasche, obwohl die gestern eindeutig heißer war!
Ich musste es gucken, ihr braucht Info und ich wollte wissen, wer denn die „Queen of Knutsch" geworden ist.
Also alles begann mit einem kleinen Reitausflug.
Laa-Laa wollte reiten und alle mussten mit.

Ein flotter Vierer aufm Pony sozusagen! Hach, ja.
Während die Mädels eine recht gute Figur machten, sah Ken mit seinem Pferdehelm aus, wie ein Playmobil-Männchen auf einem Zwergpony.
Also richtig geritten ist der noch nie. Vermutlich auch, weil seine Top-Friese schon was zerdeppert war ... vom Helm.
Um sich für diese „Deformierung" seiner Manneskraft zu rächen, hat er Laa-Laa, Po und Tinky-Winky zum Tequila eingeladen.
„Das ist soo magisch, wenn die so viel trinken!"
Supi.
Jetzt noch 3 Dream-Dates.
Ken darf jedes Mädel eine komplette Nacht vollquatschen – OHNE Kamera.
Mist.
Das „Vorglühn" durften wir allerdings noch sehn.
Um ganz sicher zu gehn, hat man ihn dann jedes Mal in einen Whirlpool gesteckt. Da hätte vermutlich ein Badetuch zum Verhüllen nicht mehr gereicht.
Gut.
3 Mädels, 3 Nächte, zweimal Whirlpool, einmal Heißluftballon. Ken wurde ordentlich gefordert!
Zwischendurch immer Werbung einer Wundsalbe.

Und die Tubbies: ...
„Ich will ihn ... er ist sooooo magisch!“
„Wenn er mich nicht nimmt ... dann ...“
Dann was? Mach ich Abitur nach?? Vermutlich.
„Ich möchte sie nicht enttäuschen“, flüstert Ken soo traurig.

Szenenwechsel.
Der Bachelor mit Kühlakku im unteren Anschlag und den Rosen.
„Ich stehe vor der schwersten Aufgabe meines Lebens“, raunt er und fährt sich lässig durch die Friese ... dann hat mein Wecker geklingelt. So ein Mist.
Jetzt hat er mich wieder so müde gemacht, der Bachelor.
Das kann er, mein Ken! Aber kommt jetzt noch ein Date? Findet das dann in einer Kältekammer statt, weil alles so magisch und heiß ist???

Ich werde den heutigen Tag sehr unbefriedigt verbringen.
Vielleicht hilft ja Tequila ... in jedem Fall wird er mich magisch machen ... sagt ja der Ken ... Prösterchen, meine geduldigen Follower.
Ich bleib dran!

Valium-Freitag.

Die Zeit rast.
Kaum habe ich mich abends abgeschminkt, ist schon wieder morgens früh. Lohnt sich ja kaum ...
Und meine schöne, helle Welt ist auch immer noch ziemlich aus den Fugen.

Hach, herrje ... aber eure Geschichten-Dealerin hat ja immer irgendwas zu erzählen, damit der Tag einfach ein bisschen schmunzelig beginnen kann!
So, genug geschleimt.

Butter bei die Frösche.
Tatsächlich war meine letzte „Softy-Magic-Porno“ Zusammenfassung des „Grapschers“ der Nation die Letzte!!!
Der Bachelor hat seine letzte Rose vergeben.
Mist!
Und ich bin eingeschlafen!! Genau in dem Moment, wo es zur Sache ging.
Unverzeihlich! Aber ... ich war natürlich – nur für euch – investigativ unterwegs.
Also: Laa-Laa und nicht Po ist die, die Ken jetzt immer die Badebuxxe auf links dreht!
„Ich liebe dich so sehr“, flüstert er für Millionen Zuschauer hörbar in ihr kleines, süßes, magisches Öhrchen.
Stunden vorher hat er aber auch noch Po und Twinky-Dinky total geliebt!
„Ich habe dich schon immer geliebt“, antwortet sie ihm – im C&A-Traum von einem Kleidchen – der Ohnmacht nah.
Szenenwechsel.
Der Kameramann schmeißt sich auf den Boden, um aus der Froschperspektive das laut knutschende Paar mit extra inszeniertem magischem Feuerwerk aufs Bild zu kriegen.
Dramatische Musik, letzter Knutsch.
Fertig. Ich auch.
War das anstrengend!
Nun schnell noch bei Frau Ludowig rein gesnappt.
Da sitzt der Rest der „Knutsch-Grapscher-Bande“ auf der Kratz-Couch.

Im Studio wurde extra der Boden mit Plastikfolie ausgelegt, damit nicht aufgrund der literweisen Tränenflut das RTL-Parkett aufweicht.
Da gibt's einiges zu tun!
Und überhaupt, sind Ken und Laa-Laa eigentlich noch ein Paar? Da funkelt bei einigen doch schon wieder ein leiser Hoffnungsschimmer.
„Sie war dann doch nicht soooo magisch", höre ich Ken sagen, „sie hat doch glatt meine Badebuxxe bei 60 Grad gewaschen. Und Waschen, Kochen, Putzen gehört ja wohl zur Magie dazu!"
Aber zum Glück ist er jetzt ein Z-Promi und wird mich dann bald vollkommen ohne Klamöttchen in „Nackisch in der Karibik" wieder erfreuen tun!
Ach herrlich! Natürlich werde ich euch ALLES bis ins Detail erzählen.
Ich tu mich freun!

Meister-Proper-Samstag.

Jaaa, auch daran kann man mal schnuppern … Augen zu, ein Nasenloch zuhalten und tiiieef einatmen.
Herrlich, oder??! Geschmacksrichtung Zitrone katapultiert einen sofort in ein südländisches, sehr sauberes Zitronengehege. Die Alternative wäre Bergfrische.
Da hörste sogar die Kühe läuten!
In meinen Fantastereien steht da sogar mein Bachelor Ken mit Lederbuxxe und flüstert mir ins Öhrchen:
„Hast du Lust, mit mir zu … putzen?"
Es wird magisch!
So! Jetzt aber flott wieder in meine kleinkarierte Realität!

Lieutenant Uhura an Kaptain Kirk ... Wir haben ein Problem!
Ich habe gestern bei meinem wöchentlichen Wocheneinkauf die letzten Muschelhörnchennudeln ergattern können.
In schwierigen Zeiten scheinen die, neben Toilettenpapier, Sonnenblumenöl und Mehl, ein wichtiges Mittel zu sein, um zu überleben! Sach mal!
Ich dachte, das wäre ein Gerücht und die Menschen hier in Germany hätten aus der letzten Toilettenpapier-Hamsterei was gelernt!
Am Arsch die Räuber.

Es ist sogar noch schlimmer!

Du guckst in leere Regale und denkst:
Gut, jetzt kann man die wenigstens mal ordentlich abwischen. Nicht zu fassen.
Bei der letzten „Corona-Speisekammer-Auffüllaktion" habe ich nur Dosensuppe gekauft.
Fertig war ich.

Und bevor der Virus so richtig um sich greifen konnte, hatte ich die auch schon aufgefuttert.
Lecker auch ohne Virus, allerdings mit viel Maggi!!

Für Herrn Arenz, das Kind und den Hund hatte ich erst gar nichts besorgt. Die sind ja so pingelig, was Essen angeht!!
Und mal so 'ne Diät is' ja auch nicht so schlecht, oder?
Man kann wunderbar entschlacken!!!
Das Einzige, was wirklich immer gut gefüllt ist – nach guter, alter Familientradition – ist natürlich unserer Wein- und Spirituosenlager!
Da kann man schon lecker was trinken, wenn es die Situation erfordert, und genüsslich an ein paar trockenen Muschelhörnchennudeln knabbern.
Ein Gaumenschmaus! Und lässt man die Nudel mit dem Wein etwas länger im Mund, wird diese nach wenigen Minuten herrlich angeweicht.
Flutsch, weg isse!! Und viel Toilettenpapier braucht man auch nicht! Gut, ne? Fragt mich, ich bin 'ne richtige Krisenmanagerin!

Montag.

Nee, oder?
Aber machste nix ... also Hamsterrad anschmeißen, Lichterkette an, Musik läuft.
Läuft.

Gestern haben wir einen tollen Familienausflug gemacht.
Wir waren in der Corona-Teststation.
Und statt 'nem Eis gab's das Test-Stäbchen gaanz tief in die Nase.
Der vermummte Mensch, der das gestern gemacht hat, wollte vermutlich ins Guinness-Buch der Rekorde, indem er versucht hat, auch noch Gehirnwasser mit in die Testauswertung zu nehmen. Halleluja!
Bisschen gewartet, dann kam der Rekordhalter vors Zelt und hat versucht, durch drei Schutzmasken die Namen der Wartenden aufzurufen.
Neben einer stark befahrenen Hauptstraße!
Die hätte er doch lieber getanzt – die Namen, weil sofort mindestens 10 Leute auf ihn zu gestürmt sind, um ganz nah beieinander das Ergebnis in Empfang zu nehmen.
Tja, wer diesen Flughund-Virus aus Wuhan jetzt noch nicht hatte, dann spätestens in 3 Tagen!

Wie zufällig ging eine Reisegruppe aus China fröhlich winkend und wild fotografierend am „Festzelt" vorbei und freute sich vermutlich, dass auch sie uns mal etwas von ihrer Kultur an die Mosel gebracht haben!
Danke nochmal! In diesem interessanten Zusammenhang hatte ich letzte Woche auch meine erste Begegnung mit einer „Verschwörungstheoretiker-Dingsbums".

Weiblich, älter, wirrer Blick, geht vermutlich ungeöffnet zurück und hat aus diesem Grund viel Zeit, sich verwirrende Gedanken zu machen! Also ... es war wirklich alles dabei: Bill Gates, Mikrochips in Nahrung, Impfung und Klamöttchen, Gehirnwäsche und die Ausrottung der Mittelschicht.

Das war wesentlich interessanter als meine Studien über den Badebuxxeninhalt des Bachelors!!
Ich konnte kaum aufhören wegzuhören!
„Sie müssen sich da mal belesen, Frau Arenz, möglichst schnell, um Schlimmeres zu verhindern", war der Abschluss ihrer Wahlkampfrede.
Sie wirkte vollkommen erschöpft! Schon anstrengend, so eine Verschwörungstheorie!
„So, ich muss dann mal gehen", sagte ich freundlich, ach, übrigens ... für mich persönlich ist eh schon alles zu spät.
Ich habe durch die Impfung diesen Chip schon länger und mache jeden Morgen virtuelles Frühstück mit Herrn Gates! Klasse, so'n Chip! Man hat da Möglichkeiten ... der Wahnsinn! Schönen Tag!!

Das Wörtchen zum Dienstag.

Ja, es ist mal wieder so weit.
Ich eröffne hiermit den Stuhlkreis der Woche ...
Gut, der Spruch bezieht sich doch mehr auf meine ungestüme Jugendzeit. Egal.
Heute fahr ich langsamer, um Sprit zu sparen, und weil ich nicht so schnell gucken kann, wenn ich schnell fahre.
Und weil ich jetzt ein Auto fahre, das man ja nicht sieht, wenn ich schnell fahre! Dafür war das zu teuer!
Explizit heute Morgen müsste ich dann doch etwas schneller fahren, weil mein Auto schmutzig ist.
Da ist noch der Sahara-Staub von letzter Woche drauf und heute soll der ja nochmal kommen.
Ich alte Schlau-Füchsin!
So. Ach ja, meine Unterwäsche und das langsam fahren.
In einem Land vor unserer Zeit habe ich mal 3 Jahre mit meiner besten Freundin zusammengelebt.
Sie hatte sich von ihrem Mann getrennt. Das fand ich klasse, war eh 'n Arsch. Das kam mir sehr gelegen, um mich ebenfalls zu trennen. Ging ja dann in einem Abwasch.
Ab diesem Zeitpunkt begann eine der „geilsten" Zeiten in meinem Leben.

Zwei Mädels, eine große Wohnung, den Kühlschrank voller Wein, Wassermelonen und Hefeteig in der Tiefkühltruhe.
Sie konnte kochen und gigantisch organisieren, ich konnte ... renovieren, restaurieren und Spaß verbreiten! Hach, schön! Und ... sie hatte immer so tolle Unterwäsche. Die hatte sie von ihrem Mann. Dem fiel nix anderes ein, was er schenken konnte. Gibt ja auch so wenig!
Der Kerl war entsorgt, die Unterwäsche blieb!
„Du musst immer dran denken“, hat sie zu mir gesagt, „wenn du mal ‘nen Autounfall hättest und die Rettungssanitäter sehen deine Unterwäsche ... es könnte sein, dass die sofort aufhören, dich zu retten! Weil karierte Unterbuxxe und Punkte-BH geht ja gar nicht.
Und das war’s dann mit deinem tollen Leben. Todesursache: geschmacklose Unterwäsche!“
Sie hatte ja so was von recht! Aber erst musste ich sparen, is’ ja teuer, so’n Kram. Ja, und das ist der Grund, warum ich damals gaanz langsam gefahren bin.
Ich wollte keinen Unfall verursachen, bis ich die Kohle für „Hinkemüller“ zusammen hatte! Aus diesem Grund können sich auch noch viele an mein immer schmutziges, blaues Panda-Auto erinnern! Aber zum Glück nicht an meine Unterwäsche. Und bei euch? Raus damit!

„Happy Hanf-Tag" für alle meine ausgeschlafenen Follower!
Na, gut ... Ich will nicht so sein: Auch für die, die jetzt noch in ihrer schönen warmen, leicht müffeligen Flohkiste liegen und sich nochmal rumdrehn!
Mein gestriger Beitrag hat vermutlich „alte, lustige Erinnerungswunden" aufgerissen ...
Also es scheint wohl so zu sein, dass viele Großmütter ihre Kinder und Enkelkinder an korrekte Unterwäsche beim Verlassen des heimischen Herdes erinnert haben.
Meine Follower im Tätigkeitsbereich des Rettungsdienstes legen allerdings nur großen Wert darauf, dass die Unterbuxxe sauber ist!
Und da diese eh im Notfall einfach zerschnitten wird, um an das zu rettende Objekt zu kommen, kann sie eigentlich auch total alt sein ... die Unterbuxxe ... nicht die zu rettende Person!
Will heißen, es wäre sehr vorausschauend, wenn man sich die „Hinkemüller-Dessous" schon vorher fein säuberlich an den Nähten auftrennt, um Schlimmeres zu verhindern. Dann

noch ein verschließbares Plastiktütchen an der Frau, um es mit wenigen Schritten gleich vakuumieren zu können.

Kleine Anleitung in verschiedenen Sprachen auf den Bauch tätowiert ... fertig! Wobei auf meinem Bauch noch das Rezept von Käsekuchen mit allen Zutaten Platz hätte!
Nun gut, ich will gerettet werden und nicht als Backanleitung dienen!
Tja, da habe ich ja mal wieder thematisch aktuell voll ins Schwarze getroffen.
Ich alte Klugscheißerin. Um mich auch immer wieder in Erinnerung zu bringen, im Anhang ein Foto mit der Andeutung einer weiteren jahrzehntealten Sucht von mir: Rucksäcke, die wahrlich nicht der alltäglichen Norm entsprechen.
Warum auch? Hier an der Frau mein „Gonzo“ ... gerade groß genug für Lippenstift, einen 10-Euro-Schein, Handy und ’nen Coronatest!
Schon über 30 Jahre alt ... der Rucksack, ich bin ein bisschen älter ... Kostenlos und eh unbezahlbar:
Die Blicke vieler Mitmenschen, die denken:
„Die hat aber echt einen an der Waffel!“
Ist das nicht ein wunderschönes Kompliment?

Marihuana-Donnerstag.

Darf ich vorstellen: Das ist meine Handtasche „Dörthe", das Mammutmädchen.

Wenn es dann mal festlich wird, ist Dörthe immer dabei!

Aber sach mal jetzt ... entweder ich hatte zu viele Hanf-Mittwoche oder zu wenige!

Ich war ja der festen Überzeugung, dass mich der Bachelor letzte Woche das letzte Mal zwischen die Kissen gedrückt hat. Er war zwar so langweilig, dass ich eingeschlafen bin, aber ich wusste doch, dass Laa-Laa das Ponyreiten gewonnen hat ... am Arsch die Räuber!

Gestern Abend gab es das finale Finale!

Dinky-Twinky war noch im Rennen! Ich fass es nicht!

Gut, ich persönlich kann mich da ganz schnell umstellen!

Ken hatte noch nicht sein enges Büxxchen an, da lag ich schon in meiner Lieblings-Kamasutra-Stellung mit Wärmflasche und Lebertee!

Zu allem bereit. Laa-Laa und Po, ne Dinky-Twinky hatten ihr letztes Date mit Ken, der vor lauter Testosteron vollkommen durcheinander war und beiden Tubbies denselben Schmelztext vorbetete! Aber egal.

Ich vermutete eh, dass ich die letzte Rose bekomme ...

Weil kein Wasser in der Nähe war und das Bällebad nur noch 5 Bälle beinhaltete, bekam Ken 'ne Kuscheldecke über die untere Körperhälfte. Ich war wirklich gespannt, was der jetzt für „Zelte" bauen tun würde.

Hach, dass ich das noch erleben darf.

Die Tubbies waren beide bis über beide Öhrchen verknallt.

„Du bist sooo magisch."

Nun denn ... es kam, wie ich es schon in meiner ultimativen Weisheit vorausgesagt hatte: Laa-Laa lag laut knutschend in Kens Ärmchen. Feuerwerk, Musik, Tee alle.

Die traurige Dinky -Twinky flüsterte dann später, kurz vorm Nervenzusammenbruch: „Ich verliebe mich schnell, aber das ist auch flott wieder vorbei."
Ein Beißholz wäre nicht schlecht gewesen.
Ohhh, da war Ken aber traurig ... aber da war ja noch Laa-Laa. Sind die denn jetzt noch zusammen? Ich war ja schon längst wieder in Ohnmacht gefallen.
Boah, Ken macht was mit mir ... er macht mich „magisch" müde ... das hat auch noch keiner soooo flott geschafft ... früher ... damals ... ähhh ... in einem Land vor meiner Zeit ...

Montag.
Gestern noch flott den Zahnriemen von meinem Hamsterrad gewechselt. Jetzt läuft's wieder.
Musik an, Lichterketten an.
Los geht's! Am Wochenende war Krisenmanagement angesagt.
Herr Arenz und ich haben uns einen Grill gekauft.
Der erste in unser beider Leben.
Wir essen, aber grillen nicht gerne.
Aber in Zeiten wie diesen muss man sich unabhängig machen von Freunden mit Grillleidenschaft! Endlich selbstständig werden!
In unermüdlicher Suche von Herrn Arenz nach dem ultimativen, aber natürlich auch preiswertesten Grill sind wir fündig geworden und haben „heimatnah" eingekauft.
Auch weil Herr Arenz da seine „Teppichhändlerqualitäten" zum Besten bringen kann. Ohne Handeln geht gar nix.
Nachdem der Verkäufer ausgequetscht war wie 'ne Zitrone und danach auch so aussah, haben wir zugeschlagen.

Ich hätte ja gerne das Ausstellungsstück genommen, ich hatte schon Kartoffelsalat gemacht!
Aber nein: „Ihr bekommt einen nagelneuen Grill – noch verpackt!“
Schöner Mist!
2 riesige Pakete standen schon einen Tag später in unserer Diele. Wenn ich Pech hatte und Herr Arenz oder unser Sohn oder Herr Arenz mit unserem Sohn bauten den auf, könnte ich den Grill vermutlich nur noch als kleines Gewächshaus benutzen!
Herr Arenz öffnete das erste Paket.
„Ach du scheiß, wieso haben die mir nicht gleich 'n Paket flüssiges Eisenerz zum Selbergießen geschickt!?“
Hunderte von Einzelteilen, einzeln verpackt, grinsten uns hämisch an.
Oh je ... wieso hatte ich mir nicht so einen „Einmalgrill“ an der Tankstelle gekauft??

Ich brauchte Herrn Arenz nicht lange davon zu überzeugen, dass wir dieses Grillmonster am nächsten Tag zusammen aufbauen, um Schlimmeres zu verhindern.
Die Gefahr, dass beim alleinigen Aufbau die komplette Einrichtung der Diele Schaden nehmen könnte, war groß!

Samstagnachmittag sollte es dann so weit sein.
Morgens hatte ich noch einen Termin bei meiner Nagelfee.
Mitten im Vorgang der Abhärtung der zwölften Zwischennagellackschicht klingelte mein Handy.
Mein Sohn: „Mutter, ich bau mal schnell den Grill auf, da fehlen aber schon 4 Teile. Wo sind die?“
Tja, wo sind die? Halleluja. Vollkatrastrophe.

„Warte doch bitte, bis ich da bin“, versuchte ich die bevorstehende Katastrophe abzuwenden ...

Dienstag.

Eigentlich seid ihr ja an diesem Tag immer in total freudiger Erwartung auf das „Wörtchen zum Dienstag“.
Andererseits bin ich euch die Fortsetzung des gestrigen „Horrorfilms“ schuldig.
Eine sehr komplizierte Entscheidung, die ich da jetzt treffe, die auch vermutlich unsere Zukunft stark beeinflussen wird!
Aber ich will mal flexibel sein.
Dann gibt's halt morgen das „Wörtchen zum Mittwoch“!
Puh ... das war hart für mich jetzt ...
Ach, ja ... im Bildanhang: „Manfred“, meine Handtasche für heiße Disconächte damals und meinen wöchentlichen Großeinkauf heute. Hat schon so einiges gesehn, der Manni. Aber verschwiegen issa ... das muss ich ihm lassen! So ... weiter. Ich schweife ab.
Was bisher geschah:
Nachdem unser Sohn mich während meines Nagelaußentermins am Telefon beschuldigt hatte, dass ich die vier

fehlenden Teile des Grills einfach mitgenommen hätte, konnte er sich während seines Wutausbruches die Frage selbst beantworten: „Ach, Moment ... da steht ja noch ein Karton!“

Klack. Aufgelegt.

So, jetzt aber flott die letzte Farbschicht aufgetragen.

Wenn ich jetzt nicht vor Herrn Arenz nach Hause komme, könnte es Verletzte oder sogar Tote geben.

Ich hatte Sorge um unseren Hund! Zu spät.

Noch im laufenden Auto vor der Haustür konnte ich Tumulte ausmachen.

Herr Arenz war schon zu Hause, lag mit dem Erstgeborenen am Boden und folgte dessen Anweisungen.

Beide laut schreiend und wild gestikulierend.

Dino mittendrin.

Wenn ich jetzt nicht sofort das Essen servierte und somit wenigstens die Mägen beider Besserwisser beruhigte, hätte ich in meiner Diele zeitnah Ausmaße der Schlacht damals im Teutoburger Wald ... 9 n.Chr. So geschah es.

Noch ein Eis hinterher und beide Männer lagen sich schulterklopfend in den Armen!

„Was sind wir doch für ein tolles Team!“

Nun denn, bis der Grill vollkommen aufgebaut war, kam es noch zu 5 bis 10 brenzligen Kampfsituationen, die ich mit Schoki eindämmen konnte! Endlich fertig.

Zum Glück hatten wir keine Gasflasche im Haus, sonst hätten die beiden in ihrer Euphorie noch die Bude in die Luft gesprengt! Mit ’nem Bier wurde das Ereignis gefeiert.

„Oh“, höre ich Herrn Arenz rufen, „da liegen ja noch 4 Schrauben!“Oh, weia ... Ich brauch ’nen Secco.

Da waren sie wieder
meine drei Probleme.
Vergesslichkeit,
Dings und
das Andere.

Mittwoch.

„Happy-Hanftag" und das „Wörtchen zum Dienstag" an einem Mittwoch. Halleluja, da kommt ja der Hallische Komet öfter!
Aber ... es nützt nix, wir müssen aus den Gewohnheiten raus, alte Strukturen durchbrechen, um uns neu zu sortieren! Hört sich gut an, ne? Lange Rede, noch kürzerer Sinn: Ihr wolltet ja unbedingt wissen, wie das mit dem Grill ausgeht.
Es ist noch nicht vorbei. Im Zusammenhang mit unserer ultimativen Gartengestaltung wird noch ein Brunnen errichtet.
Ich muss nun darauf achten, dass Herr Arenz diesen nicht in unmittelbarer Nähe des Fernsehers installiert und dass er beim Errichten nicht ertrinkt. 10 cm Pfützenhöhe reichen da ja schon.
Unser Sohn hat das „Silberfischchendiplom" am Bande ... also kein Problem! Zumal er den Brunnen vermutlich nur nutzt, um Biergläser zu spülen. Nun denn ... was wollte ich sagen?
Ich hab's vergessen ... hmm. Ich bin nämlich schon seit meiner Geburt vergesslich. Und über 50 Jahre später ist es nicht besser geworden.
Besonders prekär: Namen und die dazugehörigen Gesichter!

In einem Land vor unserer Zeit hat sich dann meine Freundin – ja die aus meiner wilden Frauen WG-Zeit – hinter mich gestellt und mir den Namen meines Gegenübers ins Öhrchen geflüstert. Problem gelöst.
Leider hat sie mittlerweile auch ein eigenes Leben und kann nicht immer hinter mir stehen. Schade.
Jetzt überbrücke ich diese Situationen mit folgendem genialen Trick: „Sagen Sie mir doch nochmal grade Ihren Namen!" Merkt keiner! Ich habe auch vergessen, wie man schwimmt und Fahrrad fährt.
„Quatsch, das verlernt man nie!" Doch.
Ich schon. Würde mich jemand ins Wasser schmeißen, ging ich unter wie ein nasser Sack. Wie schwimm ich nochmal? Und wenn ich Pech hätte, würde mein Retter ebenfalls vergessen, dass ich überhaupt unter Wasser wäre!
Oh, je! Und ein Fahrrad hätte mich schon unter sich begraben, bevor ich fertig wäre mit Klingel suchen und Picknickkorb befestigen.
Rumms. Da liegt'se, die Frau Arenz.
Wie komm ich nochmal vom Liegen ins Stehn?? Ohh, vergessen! Schönen Freitag ..., ne falsch ... was war heute nochmal für ein Tag?

Marihuana-Donnerstag.

Schon wieder.

Nach dem „Hanf-Tag“ gestern müsste ich heute mindestens 3 Marihuana-Plantagen auffuttern ... oder was macht man mit dem Zeug?

Egal. Runter damit.

Ich alte Klugscheißerin bin doch gestern auf so einen „Link-Fake“ reingefallen! Ich.

Unfassbar.

Eine gute Freundin hat mir den geschickt über WhatsApp. Nur durch ihr Zutun konnte ich ein „Milka-Schokokörbchen“ gewinnen und noch viele Freunde damit überraschen! Und weil meine Freundin genauso ein Klugscheißer ist wie ich, habe ich nicht eine Sekunde gezweifelt!

Ach, schön ... was werden mich meine Freunde lieben!

Jaaa, am Arsch die Räuber.

Kaum angefangen zu verteilen, klingelt das Telefon.

„Petra, bist du gehackt worden oder hast du den Link verschickt?“

Ohhhhhh, Mist. Ich ahnte Fürchterliches!

„Verteile es nicht und lösch alles wieder, das ist ein russischer Link!“

Ein russischer Link. Wenn ich eines nicht gebrauchen kann, und andere bestimmt auch nicht, ist ein Link von Herrn P., dem größten Arschloch der Welt!
Jetzt aber flott. Zum Glück hatte ich die Aktion aufgrund Kundenbesuchs abgebrochen. In Windeseile habe ich gelöscht und kurze Info gegeben! Puh. Schwein gehabt!!
Es hat nicht lange gedauert, da war das Netz voll mit Warnungsmails.
Wieso kamen die nicht vorher?? Das passiert mir hoffentlich nie wieder!
Zu Hause erst mal flott unter die Dusche.
Ein naiver „Ziegengeruch" hatte sich über meinen älter werden Körper ausgebreitet und wir wollten doch noch zur Blutspende. Endlich schön entspannen, während mein Blut neben mir sanft hin und her schaukelt.
Ein junger Sanitäter versuchte, mit leichten Flirtgesprächen mein Blut in Wallung zu bringen.
„Na, junge Frau, haben Sie nicht das letzte Mal auch schon bei mir gelegen?"
Gut, bisschen ungelenk, aber man nimmt, was man kriegen kann.
„Das könnte sein, Sie alter Blut-Charmeur", antwortete ich unter der zu engen FFP2-Maske, „war ich denn gut?"
Ein neckisches Augenzwinkern meines Flirt-Champions sollte meine Frage wohl mit „Ja" beantworten.
Herrlich, oder?
Meine Welt war wieder Rosa. Mit einem Gläschen Rotwein haben Herr Arenz und ich dann das gespendete Blut zu Hause wieder aufgefüllt.
Alter Moselaner-Trick. Nicht nur geben, auch nachfüllen!

Samstag.

Schon wieder Schnee. Egal.

Mir kann nichts passieren. Ich persönlich trage immer 'ne warme, große Unterbuxxe.

Da passt genauso viel rein, wie in meine Handtaschen ... nur keine Kiste Bier!

Just im Moment habe ich den „Contemporary" mit Meister Proper übers Wohnzimmerparkett geschwoft.

Gleich noch 'nen „Tango" mit dem General im Bad. Fertig mit Putzen.

Ach ja ... Putzen.

Ich könnte euch doch mal von meinen Besen-Reisern erzählen. Das passt super in die samstägliche Thematik und lockert die Stimmung vielleicht etwas auf! Stuhlkreis gibt's allerdings nicht, weil sitzen nicht so gut für die Beindurchblutung ist!

Während ja auf meinem „Bäuchlein" durch den Wärmflaschen-Fetisch ganze Kontinente maßstabsgetreu nachgebildet wurden, kann man auf meinen Beinen eher ganze Fluss-Systeme ausmachen!

Herr Arenz hat letztes Jahr sogar den „Mosellauf" entdeckt! Wir haben dann mit viel Spaß meine Heimatstadt mit 'nem roten Punkt markiert. Als ich dann Monate später das „Nil-Delta" entdeckte, mit seinem Ursprung in der linken Kniekehle, musste doch an mir mal gearbeitet werden.

Ich bin ja so eitel und obwohl 'ne Bindegewebsschwäche schöner ist als 'ne Charakterschwäche, muss frau beides nicht haben.

In der Klinik meines Vertrauens wurde das Problem dann angegangen.

Die kennen mich da bzw. meine Beine aufgrund der Wegnahme meiner Stammvenen.
Will sagen, unterhalb des Bauchnabels reagiere ich nur noch mit Muskelkraft, nicht mit Durchblutung!
Diese Besendinger allerdings werden mithilfe eines höheren Geldbetrages weg gespritzt oder gelasert.
Mein Geldbeutel wollte Spritzen und 100 Gallonen Eisspray.
Halleluja.
Da kriegste was für dein Geld!
Viel Aua, noch blauere Beine und 'nen Doc, der bei jedem Entfernen eines „Reisers" Töne macht wie 'ne alte Registrierkasse, die abends überquillt!

Nachdem er sein Tagwerk vollbracht hat, wird man eingewickelt wie 'ne alte Mumie.
Darüber muss man – allein – die Kompressionsstrümpfe überziehen. Wenn man dabei nicht unbedingt zehnmal umfällt, hat man das in 2 Stunden geschafft.
Darüber passt nur noch 'ne ausgeleierte Jogginghose.
Jetzt noch eine Woche durchgehend spazieren gehn ... fertig sind die neuen Beine! Geht doch.

Happy „Hanf-Tag“ für alle meine bezaubernden Follower! Na, schon angefangen zu zittern und unruhig zu werden gestern Abend??
Jetzt bin ich ja da! Schließt die Augen, atmet tiiiieeef ein und ... halten. Nicht mehr atmen, bis ich hier fertig bin.
Bei Blaufärbung der Fingerkuppen oder der Ohrläppchen noch ein bisschen durchhalten.
Sooooo. Gut, ne?
Eierfärben gespart! Apropos Eier ... es ist ja bald Ostern.

Ich persönlich gehöre noch zu der Generation, die, ehemals mehr oder weniger katholisch, den historischen Hintergrund von Ostern kennt.
Das wird ja auch immer seltener!
Meine Mutter ist ja schon ewig irgendwie evangelisch.
Und als ich sie letztes Jahr fragte: „Na, Mutti, was gibt es bei dir denn an Ostern Köstliches?“
Sie kocht ja genetisch bedingt nicht sooo gerne und in Erwartung auf Eier in Senfsoße antwortete sie: „Stell dir vor Tochter, bei uns gibt es heute Hase!“
„Mutter, du willst mir aber jetzt nicht erzählen, dass du Ostern den Osterhasen im Kochtopf hast!!!“
Ich bin zwar bezüglich meiner Erzeuger hart im Nehmen, aber das trieb mir doch das Entsetzen in meine frisch geschminkten Augen!
„Wieso“, verteidigte sie sich, „an Weihnachten sind die so schwer zu kriegen ... und viel teurer!“
Da hatt´se recht, die Mutti, und ich bin echt gespannt, wie sie am 23. Dezember den Weihnachtsmann in den Bräter bekommt!! Sie ist ja andersgläubig ... mal abwarten!
Obwohl sie doch den Traditionen lange gefolgt ist ...
Es gab Eiersuchen in seiner kompliziertesten Form.

Wir waren mit Spaten und Schaufel im ausgelagerten Garten unterwegs. Es konnte auch vorkommen, dass es so um Karneval war. Das war bei uns egal! Eier schmecken immer!
Bis mir meine erste große Liebe in der Vorschule erzählte, dass diese Eier aus dem Po vom Osterhasen kamen. Ich hab mich sofort getrennt. Von Klaus-Peter und meiner Eierliebe.
Ab diesem Zeitpunkt habe ich auch wirklich echte „Bremsspuren“ vom Osterhasen an fast jedem Ei gefunden!
Aua! Später habe ich mich einfach damit abgefunden, solange die Eier nicht aus meinem Po müssen!
Ohh, sorry?
Und mit ’nem halben Eimer Maggi drüber, ist so’n Ei ja auch gourmet-technisch ein Hochgenuss! Tja, muss jetzt los ... Hase kaufen.

Grün-Donnerstag.

Das ist jetzt eigentlich der weltbekannte Marihuana-Donnerstag. Nur gefriergetrocknet.

Von frisch kann jetzt keine Rede sein, da dieser grün gefärbte Donnerstag vor Ostern schon eine, sagen wir, längere Tradition hat. Gut ... der Urknall is' länger her, aber das ginge jetzt zu weit.

Da ihr vermutlich von mir jetzt 'ne ordentliche Klugscheißerei erwartet, warum der Tag heute „Grün-Donnerstag" heißt und nicht „Karierter-Gepunkteter oder Magenta-Don-nerstag", habe ich natürlich keine Kosten und Mühen gescheut, dies in Erfahrung zu bringen.

Tja ... so richtig weiß es keiner.

Es gibt einige Erklärungsversuche, wobei der mit dem „Kräuter und Grünes Essen" mir am besten gefällt. Ziemlich weit hergeholt zwar, aber ich wäre dann flott wieder bei meinem „Marihuana-Donnerstag".

Perfekt.

Letztendlich geht es ja eigentlich darum, dass ab heute Abend pünktlich mit GNTM auch die Ostertage beginnen!

Ob das wohl Zufall ist??

Unsere Heidi hat nicht nur Hans und Franz und dieses bärtige Etwas aus'm Hotel, die hat auch Einfluss! Nichtsdestotrotz war heute vor so ca. 2000 Jahren – plus/minus ein paar Tagen – das letzte Abendmahl.

Also nochmal ordentlich was futtern mit 12 Kumpels, flott Füße waschen und dann ab ins Bett, um am nächsten Tag frisch und ausgeruht einen recht wichtigen Termin auf Golgatha wahrzunehmen.

Und dann is' erst mal frei, weil dann Ostern ist ... inklusive Auferstehung, diversen Erscheinungen und „Hasen-Essen" bei meiner Mutter!
Aber Morgen (K-Freitag) erst nochmal kein Fleisch und nix „schnuckeln", ne?
Is' verboten! Vielleicht Ei mit Maggi ...
Hach ja, so Traditionen haben doch was, oder? So.

Das war eine weitere Folge meiner erfolgreichen Kolumne: „Klugscheißerei auf der Basis der Besserwisserei am Morgen". Schönen grünen Donnerstag!!!

Samstag.

Tag 1 nach dem spektakulären Übergang von meinem 58. ins 59. Lebensjahr.
Gerade hat mich Meister Proper schon in den Hintern gekniffen und der General mit seinen betörendem Waldduft die Erinnerung an meine Pubertät wieder aufleben lassen.
Ich hab nämlich einen Pickel entdeckt. Dieser hat in keinster Weise irgendeinen hormonellen Ursprung.

Die kleinen Hormon-Scheißerchen haben sich ja schon vor Jahren verabschiedet und werden von mir in kleinen „Dosen“ weiterhin zugeführt.
Der größte Albtraum für mich war nämlich seit der Geburt des Erben unseres nicht vorhandenen Imperiums, dass er in die Pubertät kommt und ich am selben Tag ins Klimakterium!
Und ich hatte sooo recht!
Ohne die Zufuhr dieser kleinen grünen Dinger wäre ich vermutlich schon 4- bis 7-mal von irgendeiner Brücke gesprungen (wir haben hier an der Mosel ja genug davon) oder würde den Rest meines Lebens im Knast verbringen, weil ich meinem Hormon-Monster nicht ganz langsam, sondern ziemlich schnell die Gurgel rumgedreht hätte!
Genau in dem Moment, wo er zur mir sagt: „Chill mal Mutter, in deinem Alter sollte man galama machen!“
Das Problem: Zum „Gurgel rumdrehen“ müsste ich mich vorher auf einen Stuhl stellen, um richtig dran zu kommen. Er ist natürlich so clever (das hat er von mir), dass er in prekären Mutter-Sohn-Situationen doch noch die richtigen Worte zu wählen weiß.
„Mutti, ich lieb dich bis zum Mond und wieder zurück.“
Diese Worte aus einem niedlichen Kinderbuch und aus dem Munde meines 194 cm großen Monsterchens.
Welche Mutter schmilzt da nicht davon??
Dann drückt er mich mal ganz dolle, dass mein Lippenstift sich auf sein neues, frisches, weißes T-Shirt überträgt.
„Oh, Hase“, höre ich mich sagen, „das tut mir leid. Chill mal, in deinem Alter sollte man da drüber stehn!“

Wie lieb ich ihn habe. Meinen Lippenstift. Ach ja, der Pickel ... der kommt vom Alkohol gestern.
Sekt und Rosè. Egal.

Ich bin ja Restauratorin. Er wird „fachfrauisch" abgedeckt. Kein Problem ...

Montag.

Das ist der Tag, wo ich morgens meine Kerle, mehr oder weniger behaart, ganz schlecht aus der Flohkiste bekomme.
Neben unserem Sohn werde ich mindestens 'ne viertel Stunde mit der Trompete lustige Weisen von Stefan Mross trötern, bei Herrn Arenz muss ich vermutlich heute wieder alle Bettdecken wegziehen, und zwar alle. (Jaaa, er liegt dann noch drin!!)
Bis auf den gummierten, altersgerechten Matratzenschoner. Den lass ich ihm, weil der so richtig schön auskühlt, wenn ich die Türen ganz weit öffne, um die noch recht frische Luft ins Schlafgemach zu lassen.
Vorher werden noch mit lautem Getöse die elektrischen Rollladen hochgefahren. Und da diese schon ziemlich viele Jahre aufm Buckel haben, sind die ganz schön laut!
Sagen wir so, wenn da jemand käme und würde das mit so 'nem Dezibel-Dingsbums messen, käme der festgestellte Wert so in den Bereich von Düsenjägern oder gaanz lauter Disco-Musik.
Es gibt allerdings Montage, da hilft auch das nichts.
Obwohl Herr Arenz – aufgrund niedriger Morgentemperaturen – schon fast mit anfänglichem Gefrierbrand auf der Matratzen-Gummierung liegt, wird er nicht wach.
Dann greife ich zu meinem letzten Hilfsmittel, welches mein kleiner Haushalt zu bieten hat. In den Anfängen unserer unglaublich großen Liebe hatte ich so eine Holzratsche.
Die war aus einem alten Kirchenfundus und wurde von immer selten werdenden Messdienern benutzt, um an Karfreitag weggeflogene Kirchenglocken zu ersetzen.

Die Glocken sind nämlich auf dem Weg nach Rom, um Ostern wieder in ihrer alten Holzstellage ordentlich rum-zubimmeln.
Ich hab nie verstanden, warum die Glocken für 2 Tage wegfliegen. Die ganze Wäsche hinterher ... Himmel!
Diese Ratsche war irgendwann mal verschwunden, und ich vermute, Herr Arenz hat den Kamin damit befeuert, um meinen immer leicht kalten Hintern zu wärmen.
In der Hoffnung, das „Morgen-Weck-Ritual“ hätte ein Ende! Aber nicht mit Frau Arenz!!
Die moderne Frau von heute hat einen „Dyson“ ... mit Akku. DER Staubsauger.
Das Beste: Der ist so was von laut!! Beim Gebrauch dieses Teufelswerks hat man den Eindruck, gleich 4 bis 7 Düsenjäger von der benachbarten Base würden die Schallmauer durchbrechen. Herrlich. Alle wach!

Das Wörtchen zum Dienstag.

Heute wieder mal von solch einer intensiven Wahrhaftigkeit. Man könnte mich ohne Umschweife in einen Topf werfen mit Sigmund Freud, den Zeugen Jehovas oder Beate Uhse.

Ich weiß, wie's geht, Freunde!
Aber das wisst ihr ja, sonst hättet ihr ja nicht eingeschaltet!
Frühstücks-Instagram in Perfektion. So.
Habe fertig mit meiner „Selbst-Motivation".
Zum Thema. Ach, nee ... zum wichtigen Thema von gestern:
Das arenzsche Weckritual am Montag.
Ich habe Dino, unseren charmanten Haus- und Hofhund, vergessen.
Für den ist Montag das größte A-loch ...
Steht er von Dienstag bis Sonntag schon in aller Frühe munter vor mir, um das „Streichel, knuddel, du bist ja so ein toller Kerl" Ritual mit einem von mir geopferten Hundeleckerli zum Höhepunkt zu bringen, bleibt er montags einfach liegen. Er spielt „toter bzw. kalter Hund".
Mithilfe intensiver Ansprache in Form von gesungenen Lobeshymnen meinerseits, dreht er sich einfach um und kuschelt sich in sein „Haichen".
Ein Stofftier, was er sich mal bei Ikea gekauft hat.
4 x größer, aber kuschelig. Das drapiert er sich jeden Tag neu. „Haichen-Stellung" sozusagen!
Kennt ihr auch noch nicht, ne? Jaaa, das Kamasutra ist voller Überraschungen!
Sind die Zweibeiner dann endlich aus dem Haus, bereite ich Dino im Minutentakt mit freundlichen Worten auch auf unsere tägliche Abreise hin. Sein Blick sagt mir nur zu deutlich: „Leck mich, Baby." Also, das mach ich dann natürlich nicht!
Ist das Auto geladen, der Lippenstift und die Frisur sitzen, Schlüssel steckt in der Haustür, bitte ich ihn höflich, dann doch mal zu kommen. Keine Reaktion.
Ich überprüfe seine Atmung. Er lebt noch.
Es nützt alles nix. Ich muss ihn mal wieder ins Auto tragen. Um Schlimmeres zu verhindern, stelle ich ihn noch an den

dafür vorgesehenen Busch, erinnere ihn daran, welches Beinchen er jetzt heben muss, und halte ihn leicht gestützt, damit er nicht umfällt!! So. Morgen-Pippi erledigt.
Beim Hund – ich selbst war schon 5- bis 10-mal ... nicht am Busch ... aber artgerecht. Ich klappe sein Bein runter und trage ihn wie so 'nen alten römischen Kaiser schlaftrunken ins Auto. Schließe die Box und muss ganz stark sein, um seinen eiskalten Blick ertragen zu können ...

Marihuana-Donnerstag.

Da issa wieder.
Also das mit der rasenden Zeit, in Verbindung mit meinem älter werdenden, tollen, den Gesetzen der Gravitation gehorchenden Körper, ist wirklich ein Phänomen.
Hinzu kommt, dass ich selbst auch immer alles ziemlich schnell mache: Ich schlafe, esse, rede, denke und trinke schnell. Gut ... es gibt Tage, da stehe ich beim Denken total auf dem Schlauch.
Vermutlich, weil in meinem recht großen Kopf so viel los ist. Das könnte sein. Tja, und es gibt natürlich Menschen, die nicht so schnell sind. Das mag ich nicht soooo gerne, es

kann aber nicht jeder genauso eine Macke haben wie ich! Das wäre ja fürchterlich!!
Bei Menschen, die nicht so schnell reden, muss ich total aufpassen, dass mir die Augen während deren Erzählvorgangs nicht zufallen.
Es gibt sogar Wesen, die denken, bevor sie reden! Unerträglich für mich. Faszinierend finde ich die, die während des Essens hundertmal das Besteck links und rechts drapieren, sich zurücklehnen, erzählen und erst Minuten später weiter essen.
Das Zeug wird doch kalt! Ja, die genießen, ich weiß. Aber, wenn die leckere Mahlzeit zügig in mein Bäuchlein kommt und dieses wohlige Gefühl der „Sättigung" gaaaanz langsam in die komplette Petra aufsteigt. Herrlich. Flott 'nen Schnaps hinterher. Yummie!
Am wenigsten umgehen kann ich mit Menschen, die langsam arbeiten, besonders, wenn ich schnell etwas möchte. Es gibt da eine Bankangestellte. Halleluja!
Und jedes Mal ist auch nur die frei.
Ich muss zugeben, wenn die mich schnell auf sich zukommen sieht, bekommt die auch Rückenhaare.
Aber in Zeitlupe.
Kommunikation ist auch nicht deren Leidenschaft, obwohl es echt was bringen würde an so 'nem Bankschalter.
Erzähl ich ihr dann zügig, was mein Begehr ist, ist erst mal Stille.
Dann hebt sie ganz langsam ihren Arm und zeigt auf einen Automaten. „Dafür bin ich nicht zuständig. Das können Sie selbst machen, am Automat."
Ich kann ihr nicht an die Gurgel gehn, weil seit Corona dieses Panzerglas vor ihr montiert ist. Ich glaube allerdings, dass

diese Dame einfach vor Attentätern seitens ihres Arbeitgebers geschützt wird.
Sonst müsste die vermutlich 10-mal am Tag wiederbelebt werden.
Hach, ich hab's nicht leicht ... das aber ziemlich schnell.

Montag.

Mein Hamsterrad leuchtet schon in allen Farben, die Duftbäume sind überall ausgetauscht.
Ich persönlich mag ja dieses unglaublich stinkige „Vanille-Bäumchen", das Gelbe.
Bei dem bleibt einem echt der Atem weg.
Halleluja. Im Puff kanns nicht schlimmer riechen!
Haben die eigentlich noch coronabedingt geschlossen? Täte mich doch mal interessieren tun.
Ups ... das ist ja wirklich kein Thema für Montagmorgen ... also für mich schon ... aber ich will mit euch doch gaaanz sanft in den Montag schunkeln.

Gestern war ja Mutti-Tag. Gut, ich bin da nicht so verwöhnt. Herr Arenz sagt: „Du bist nicht meine Mutti", wo er doch tatsächlich recht hat und unser Erst- und gleichzeitig Letztgeborener merkt es erst, wenn wir irgendwo mit der buckligen Blase in einer schönen Lokalität frühstücken gehn. „Eh, was steht heute eigentlich an?", fragt er dann irgendwann, nachdem er das 5. Croissant verschlungen hat.
„Muttitag, du alte Schlafmütze!" Dann guckt er ganz groß, sucht mit den Augen seine Großmutter.
„Herzlichen Glückwunsch zum Muttitag, Oma."
Tja, ich vermute mal, er glaubt wirklich, dass er im Reagenzglas entstanden ist. Das denke ich übrigens auch oft. Ich

werde es ihm irgendwann mal sagen müssen ... bin echt gespannt, was er schrecklicher findet.

Meine eigene Mutter ist bezüglich des Muttitages sehr schmerzfrei. Ein Anruf genügt. Obwohl ich diesmal sehr gespannt war, wen oder was sie am Muttitag in „die Pfanne gehauen“ hat, nachdem es ja Ostern Hasen gab. Aber ... keine Besonderheiten bei den eigenen Eltern.
Und da sie schon lange nicht mehr mit offener Flamme kocht und somit nicht mehr in schöner Regelmäßigkeit die Gardinen in Brand setzt, weil sie nasse Fritten in heißes Frittenfett taucht, dieses dann in die Gasflamme schwappt und sich fröhlich flammend auf die Gardinen überträgt – ist das Zusammenleben meiner Eltern ohne besondere Vorkommnisse.
Bis auf die Tatsache, dass die Gardinen meiner Mutter länger leben und die Fritten jetzt aus dem Backofen kommen!
Ach, ja ... der Einzige, der mir gestern zum Muttertag gratuliert hat, war so'n Lappen aus Lagos.
Das war doch lieb, oder? Vielleicht sollte ich den adoptieren?

Mittwoch.

Happy „Hanfday", meine treuen Follower in der ganzen Welt, vor allem in Lagos, Südafrika! Könnt ihr es schon spüren? Eine gewisse Abhängigkeit macht sich breit! Nicht vom Hanf, von mir! Oder nicht? Oder doch!

Komm ... gebt's zu! Ich habe auch keine Kosten und Mühen gescheut, mit einer ausgedienten Glühbirne im Mund den Effekt einer riesigen Kaugummiblase zu erzeugen! Gut, ne?

Und bei meiner „Verstrahltheit" hätte es nicht gewundert, wenn die geleuchtet hätte!

Apropos „verstrahlt" und Hanf ...

Auf dem Höhepunkt meiner unglaublichen Intelligenz – vor über 30 Jahren – habe ich ja auch mal studiert. Kunstgeschichte. Was ich nach Abbruch dieses Studiums nach 4 Jahren so richtig gut konnte: feiern.

Ich bin sozusagen die Bachelorette der „Partymacherei". Noch heute zehre ich von diesem Wissen.

Wurde mal nicht gefeiert, waren wir auf Exkursion – zum Feiern.

Mit einer Dozentin, die irgendwie aussah wie „Vetter Id" von der Addams Family. Wenn sie nicht 24 Stunden durchgehend ihren Joint im Mund gehabt hätte, hätte man nicht gewusst, wo bei ihr vorne und hinten ist!

Aber gut drauf war sie, halleluja!

In ihrer selbstgestrickten Reisetasche war ein stattlicher Vorrat guten Rotweins. Frische Klamotten?? Werden überbewertet. Mithilfe des Geräusches aneinanderreibender Flaschen in ihrer Tasche wusste man auch immer, wo sie war.

Aufgrund eines fehlenden Orientierungssinnes konnte es nämlich passieren, dass sie sich einer anderen Studiengruppe anschloss und denen dann – obwohl angehende Mathematiker oder Chemiker – etwas vom verstrahlten

Hieronymus Bosch erzählte. Wir haben sie dann immer wieder eingefangen.
So waren wir mit ihr auch mal in Venedig.
Der Stadt der Liebe, des Hanfs und des Rotweins! Um sie da nicht zu verlieren oder sogar auch mit dem Joint nach oben irgendwann leblos aus dem Canale Grande zu fischen, hatte jeder von uns sie abwechselnd mit einer selbstgestrickten Schnur am Handgelenk fixiert.
Sie hat's nicht gemerkt und wir konnten unsere Aufsichtspflicht nicht verletzen. Herrlich. Und was sie alles wusste ... kunsthistorisch. Die wichtigsten Dinge, die man so zum Überleben brauchte, waren nicht ihr Ding. Also, außer Zigaretten ...

Donnerstag.

Soll ich Euch mal erzählen, woher der Name Donnerstag kommt? Okay, dann nicht! Ihr wartet ja bestimmt total gespannt auf die Fortsetzung der Party-Erfahrungen meiner Studienzeit ... Also. Exkursion Venedig. Wir standen schon mal gleich bei der Abfahrt vor dem falschen Zug.
Der ging nämlich in die andere Richtung. Am richtigen Zug angekommen, wurde uns mitgeteilt, dass unsere Schlafabteile doppelt gebucht waren.
Und die Gegenpartei lag schon in den Betten.
Unsere Dozentin drehte sich erst mal 'nen riesigen Joint und entspannte vor sich hin. Die konnte man ja auch getrost mit ihrem Tabak und den Weinflaschen ins Gepäcknetz legen!
Wo sollte ich hin mit meiner Ausrüstung für 4 bis 5 Monate? Endlich hatte ich mit den 5 größten Knalltüten des Studienganges ein Abteil gefunden. Von Trier bis Venedig war ja nicht sooo weit. Die Nacht wurde einfach zum Tag gemacht

und als wir endlich am Ziel waren, haben wir mit dunklen Augenringen, bleichen Gesichtern und diversen Ausdünstungen perfekt zu unserer Dozentin „Vetter Id“ gepasst.
Die Addams Family war perfekt! Sie selbst sah auch nach Stunden ohne Schlaf aus wie immer ... zumal man ihr Gesicht ja nur erahnen konnte! Riesige Rauchschwaden, aus einem „Haarvorhang“ kommend, zeigten uns, wo bei ihr vorne war.
Das war wichtig, wenn man sie ansprach. Redete man von hinten auf sie ein, hat sie selten etwas mitbekommen.
Noch am Bahnhof entwirrte sie einen riesigen Stadtplan, der vermutlich im Maßstab 1:1 hergestellt worden war. Unzählige rote Punkte auf der Karte ließen uns staunen, wie viele Rot-Kreuz-Stationen es doch hier in Venedig gab.
Beim genaueren Hinsehen erkannte man allerdings schnell, dass es einfach nur Rotweinflecken waren.
Aha ... Sie war schon öfter hier gewesen. Aber warum dann der Stadtplan? Unsere gebuchte Schlafstelle war doch ein schon bekannter Studentenumschlagplatz.
Nach einem tiefen Zug aus ihrer Tüte und einstündiger Suche mit dem Finger über den Stadtplan, sagte sie: „Ich find’s jetzt nicht, egal, wir müssen suchen. Hier ändert sich ja jeden Tag was!“
Klar, aufgrund täglicher plattentektonischer Bewegungen war der Stadtplan mittlerweile ungültig. Der Canale Grande war ja schon Richtung Grönland unterwegs ...

Valium-Freitag, der 13. auch noch.
Wir haben ja hier bei mir italienische Woche!
Venedig vor über 30 Jahren ... Exkursion ... Hatte ich schon erwähnt, dass wir im Hochsommer dahin gefahren sind??

Es war nicht warm, nee, so kann man es wirklich nicht sagen ... es war sau-heiß.
Meine Lieblingstemperatur, so ca. 45 Grad, kurz vor der Eiweiß-Gerinnung.
Mit einer Dozentin, die Venedig wie ihre Strick-Öko-Westentasche kannte. Nämlich gar nicht.
Wir latschten also vom Bahnhof stundenlang durch die Stadt der Liebe, immer hinter einer dicken Rauchwolke her. Über jede Brücke zweimal ... und da gibt's viele!

Wir hatten uns gerade entschlossen, unsere Dozentin inklusive Joint im Canale verschwinden zu lassen oder 'nem Gondoliere zur Entsorgung mitzugeben.
Da rief sie: „Wir sind da. Ich wusste, dass ich unser Hotel irgendwann finde!"
Da hatte sie aber nochmal Glück gehabt! Und Hotel ... na ja ... Stundenhotel passte irgendwie besser. Studentenstyle halt.
Gut, billig und viel.

Wir verteilten uns dann total erschöpft auf die Räumlichkeiten. Und jeder wollte natürlich mit mir aufs Zimmer! Ich war ja 10 Jahre älter als der Rest und jeder wollte sehen, ob ich mir nachts die Zähne raushole und in Kukident lege.
Da musste ich sie leider enttäuschen und habe nur meine Packung „Binden für gegen Blasenschwäche" ausgepackt.
Das fand dann nur noch die Hälfte interessant.
Das Zimmer mit 7 Betten zeichnete sich aus durch venezianische Schlichtheit – ein Palazzo für Arme – diversen Gerüchen und einer weißen Tapete mit lustigen roten Punkten.
Kunsthistorisch ein wahrer Genuss.

Dass nach unserer Abreise noch einige hundert rote Punkte mehr auf dieser Tapete waren, erzähle ich euch am Montag. Es bleibt spannend!

Montag.

Da zupft man sich mal 2 Tage nicht die Augenbrauen.
Na, wie war euer Wochenende?
Wir haben uns standesgemäß ins Cabrio drapiert und sind durch unsere wunderschöne Gegend gedüst. Herrlich.
Die „Ghettobox" im hinteren Bereich beschallte uns mit italienischer Musik aus vergangenen Zeiten.
Was willst mehr! Dolce Vita in Perfektion!

Ach, apropos ... Wir haben ja noch italienische Woche hier auf meinem Kanal ... Exkursion, Venedig, rote Punkte auf der Tapete. „Frau" hätte es sich ja eigentlich denken können: Hitze, Canale Grande, das Blut, welches durch unsere Körper floss, angereichert mit diversen Alkoholika, die an Spaß nichts zu wünschen übrig ließen.
Wer liebt diese Kombination nicht – besonders nachts, wenn du vollkommen verschwitzt, mehr oder weniger besoffen,

fast komatös auf einer Art Gefängnispritsche zum Liegen kommst?
Nein, nicht der Kellner aus der zwielichtigen Lokalität gleich nebenan ...
Es ist die gemeine, venezianische Stechmücke!!!
Größer als ihre deutsche Schwesternmücke und definitiv lauter. Sie scheint im Anflug laut italienische Weisen zu summen, lässt sich dann auf deinem ach so leckeren Körper nieder und sticht zu.
Wach ist man ja schon, wenn sie vorher noch um dein Ohr fliegt, um ihr Kommen anzukündigen.
„Ti amo“, scheint sie mit lüsternem Summen zu flüstern, bevor sie sich auf dich wirft. Das ist dann der Moment, wo man das Licht anschaltet und mit einer italienischen Zeitung bewaffnet die Anzahl der roten Punkte auf der Tapete um ein Vielfaches erhöht. Daher kommen die!!!
Hier hat sich jeder Hotelgast mit seiner DNA schon auf der Tapete verewigt. Gut, dann klebt das Zeug nicht auf der Matratze und in der Bettwäsche. Ihhhhh!
Der Tipp, mit Nelken gespickte Zitrone auf die Fensterbank zu legen, wurde in den nächsten Nächten ausgeführt, scheiterte allerdings daran, dass wir die Zitrone dann immer wieder zur Zubereitung diverser Mixgetränke benötigten. Und über Nelken auf der Fensterbank haben sich sogar die Silberfische im Zimmer kaputt gelacht!

Tja, und so kam es, dass ich das „Lieblingsgesöff“ der gesamten Stechmückenwelt des Hotels, was sag ich, von ganz Venedig wurde! Wie ich aussah??? Morgen geht's weiter ...

Dienstag.

Und, fällt jemandem was auf? Hier gibt's doch sonst immer das Wörtchen zum Dienstag!!!!
Verpeilt. Na ja ... dann gibt's das halt morgen. Klugscheißereien kann man ja jeden Tag gebrauchen!

Meine italienische Woche hat oberste Priorität!
Wo waren wir denn? Ach, ja ... hatte ich euch erzählt, dass wir ob der „Biennale" in Venedig waren?
Also nicht nur wegen der Stechmücken und der „Feiererei".
Nein! Bildung stand ganz oben auf der Agenda!
Nun denn. Nachdem die Stechmücken mich zu ihrem Brunchbuffet gemacht hatten, sah ich aus wie der heilige Rochus mit seinen Pestbeulen!
Der Bereich um meine Augen war so angeschwollen, dass ich aussah wie Rocky Balboa nach seinem letzten Kampf, kurz bevor er schrie: „Adrian, schneid mir die Augen auf!"
Der Rest meines damals schon in den Verfall gekommenen Körpers war auf 2 Konfektionsgrößen mehr angeschwollen.
Im Oberkörperbereich – vorne – hatte ich Mückenstiche, das war mindestens Körbchengröße A.

Noch zu dem „Zeug", was ich eh schon mit mir rumtrage! Und Schuhe??? Vergiss es!
In meinen Zehensandaletten, bei denen der angeschwollene große und kleine Zeh an der Seite rausquollen, weil kein Platz mehr war, kam ich auch nur langsam vorwärts!
Na, wenigstens meine Kommilitonen hatten den ganzen Tag was zu lachen!
Ich vermute mal, diese Mücken haben sich zuerst auf unsere Dozentin gesetzt, um da die restlichen Blutreserven zu entnehmen. Die hatte nämlich in der dritten Nacht schon keine Kraft mehr, die Rotweinflasche zu öffnen.
So stand sie dann irgendwann um 3 Uhr morgens vollkommen blutleer und dampfend, mit dem Joint nach vorne, vor unserer Zimmertür:
„Könntet ihr mir mal helfen? Die geht nicht auf!"
Da wusste ich es.
Die toxischen Inhaltsstoffe dieser Frau steckten in meinem Körper und ließen mich aussehen wie die Frau vom grünen Hulk, nur rötlicher halt. Übertragen von „Vetter Id" auf mich mithilfe hunderter Stechmücken!

Das hatte ja gut funktioniert! Ich weiß, ich habe eine magische, anziehende Art ... Es nutze nix.
Ich musste in die Apotheke, begleitet von meiner Entourage, die meinen moselländischen Dialekt simultan ins Venezianische übersetzen sollte.
Und da nahm die nächste Katastrophe ihren Anfang ...

Happy Hanfday", meine bezaubernden Follower!

Na, allet jut?

Heute geht's rund, haltet euch fest ... Ich präsentiere euch auch noch das Wörtchen zum Dienstag am Mittwoch!

Bin ich nicht innovativ, total verrückt und unglaublich mutig???

Es könnte natürlich sein, dass mich Insta ob dieser unglaublichen Frechheit sperren tun tut, aber ... was soll's. Ich riskiere es ... für euch, für mich, für die Lappen aus Lagos! So, fertig geschleimt.

Wir sind ja noch in Italien. Schon vergessen?

In einer venezianischen Apotheke mit venezianischen Apothekern, mit meinen Mückenbeulen, meinen Mitstudenten und in Mangel an der Beherrschung dieser wunderschönen italienischen Sprache. Da gab's noch kein Handy mit „Blabla-Übersetzung"!

Neee! Wir hatten ein Wörterbuch und daran hing eine Kommilitonin, die zwar auch kein Italienisch konnte, aber bei ihr hörte sich das wenigstens gut an.

Essen und Getränke bestellen klappte auch bei uns. Null problemo.

Aber wir wollten ein Mittel gegen Mücken. Tja ... Bruni blätterte fleißig in unserem Buch.
Sie sollte sagen: „Guten Tag, wir brauchen etwas gegen Mücken“ und mit dem Finger auf mich zeigen.
Nachdem sie dies laut und deutlich gesagt hatte, und es hörte sich klasse an ..., sahen wir in 3 entsetzte Augenpaare venezianischer Apotheker und wussten: Da war jetzt was falsch!
Mit wilden Gesten und ziemlich wütend wurden wir der Apotheke verwiesen.
Und um das zu verstehen, brauchste kein Italienisch!!
Tja, da stand ich mit meinen Beulen mit ohne Creme.
Unsere Recherche hat dann ergeben, dass Bruni gesagt hat: „Wir brauchen sofort etwas gegen Zigeuner, die wollen uns abstechen ... sofort!“
Im Museum wollte das Personal sogar die Polizei rufen. Bruni sollte an der Garderobe nach dem schwarzen Lederrucksack hinten links fragen. Ich sag jetzt hier nicht, was bei dieser Übersetzung rauskam, sonst komm wir noch nach 30 Jahren in den Knast!
Unser „Vetter Id“ hat die Wogen zum Glück geglättet!!

Dann unser letzter Abend in Venedig. Abendessen in einem tollen Lokal.
Bruni sollte sagen: „Guten Abend, wir hätten gerne die Speisekarte mit gesunden Salaten.“ Das war aber jetzt richtig übersetzt ... Nee, war's nicht ...

Donnerstag.

Schon wieder.

Heute allerdings hat mein Herr Arenz Geburtstag. Es wird ein herrlicher Tag!

Wir machen uns das wunderschön und ... geh'n beide arbeiten.

Wie jedes Jahr eigentlich. Mit einer Ausnahme, wenn der Geburtstag mal sonntags ist! Dann lassen wir es so richtig krachen!

Nicht, dass ihr jetzt denkt, die haben wirklich nicht mehr alle Tassen im Schrank ... obwohl das irgendwie stimmt ... aber wir holen es im Juni nach.

In einem tollen Luxushotel, 2 Tage.

Mit allem Pipapo und einer Muskelenergiemassage für unsere in die Jahre gekommenen Körper!

Und bei mir muss man ganz schön lange nach Muskeln suchen!

Ich habe extra für Herrn Arenz so'ne ganz junge Therapeutin geordert, damit er wieder mal merkt, was er zu Hause nicht hat!

Süß, ne? Ich bin schon 'ne ziemlich tolle Ehefrau ... so mitfühlend! Aber egal.

Wir waren ja in Venedig in diesem tollen Lokal, draußen.
Die Grillen zirpten italienische Weisen und wir bzw. Bruni hatte nach der Speisekarte mit gesunden Salaten gefragt ... und mit Duden.
Sie hatte es mittlerweile echt drauf.
Kaum „ausge-italienischt" riss die Bedienung vollkommen erschrocken die Augen fast tellergroß auf und rannte ins Lokal!
Uih, was wir wohl bestellt hatten!!
Ein kleiner Tumult im Küchenbereich war zu vernehmen und es dauerte ein paar Minuten, bis dann das komplette Personal mit Koch, 3 Bedienungen und dem Chef vom Ganzen vor uns standen. Jeder hielt seinen Ausweis in der Hand und Bruni dann auch vor die Nase!
Es brauchte ein paar Minuten und einen Außenstehenden, der die ganze Situation dann doch pronto aufklärte.
Bruni hatte nicht nach der Speisekarte und gesunden Salaten gefragt ...
Ne. Sie hat gesagt: „Guten Abend, wir sind hier alle vom Gesundheitsamt (23 Leute!), bringen Sie uns bitte alle Ihre Personalausweise, aber schnell!"

Tja, es war verständlich, dass wir unserer Bruni doch dann die „Simultanübersetzerinnenerlaubnis" entzogen haben.
Ihr Nachfolger war auch nicht besser, aber es war ja der letzte Abend in der Stadt der Stechmücken, Sprachprobleme und Missverständnisse.
Ach, ja ... die „Biennale" war toll!

Wieder zu Hause hatten wir natürlich noch viele Erinnerungspartys.
Man muss ja alles verarbeiten ... Sonst gibt's Hämorrhoiden.

Montag.

Halleluja. Hamsterrad läuft, leuchtet und ist bereit.

Nur ... heute sitz ich da alleine drin.

Ich habe gestern nach langer Zeit mal wieder mit Zwiebeln und Knobi gekocht.

Während der Zubereitung dachte ich schon: „Oh, wie lecker" und ein paar Minuten später: „Was machst du da? Du kannst nach dem Verzehr nicht schlafen und du stinkst morgen wie ein Iltis kurz vorm Ableben!"

Aber nein!

Meine „Futterdämonen" nehmen Besitz von mir und dann gibt's kein Morgen mehr.

Tja. Den Morgen gab's dann doch.

Heute Punkt halb 2, als meine inneren Organe mit ihrer Arbeit begannen.

Ich erwachte, als meine Galle und gleich hinterher die Leber die Stechuhr links neben dem Dünndarm mit lautem Geräusch betätigten. Als wäre das noch nicht alles, vernahm meine Nase aufgrund unruhigen Hin- und Herdrehens meines Kadavers diesen Knobi- und Zwiebelgeruch, der wohl aus jeder Pore kam.

Wenn das mit den Vampiren stimmen sollte, hatte ich zu diesem Zeitpunkt die höchste Sicherheitsstufe erreicht.

Das war wenigstens ein gutes, sicheres Gefühl.

Ich vermute allerdings, dass dies nicht die einzigen Wesen sind, die mir heute aus dem Weg gehen.

Na, wer weiß, wofür das gut ist!

Ich denke, in Kombination mit meinem Lieblingsparfüm wird der Geruch eines Pumakäfigs da nicht gegen anstinken können!

Es ist jetzt nicht zu ändern. Vielleicht kommen ja heute Kunden, die so einen Fetisch haben. Die gibt's bestimmt!

Es könnte doch ein recht erfolgreicher Tag werden.
Ich freu mich ... vermutlich allerdings nur so lange, bis ich den Mundschutz überstreife und da rein atme ...
Sollte ich das nicht überleben:
Es war schön mit euch! Danke für eure Treue und Zuneigung ... und zum Glück könnt ihr mich jetzt nicht riechen!!!!
Schönen Montag.
... und gerade stelle ich fest, dass die Milch in meinem Kaffee aufgrund meines Geruches auch schon die Segel gestreckt und große Flöckchen gebildet hat.
Ich habe allerdings im Halbdunkel meiner Küche schon 2 Tassen getrunken ... Ihhhhh ...

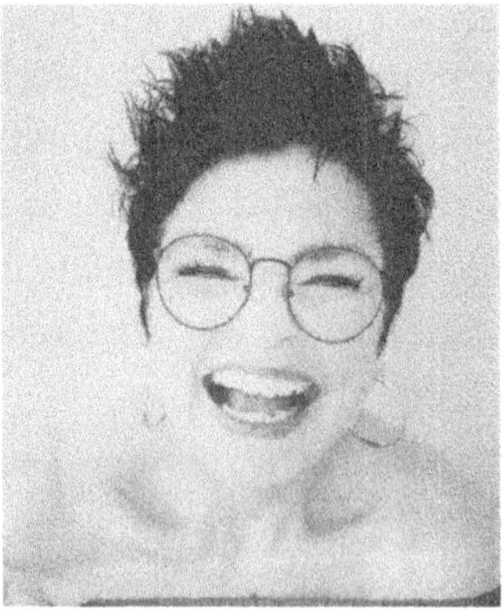

„Happy Hanftag“, meine bezaubernden Follower!
Morgen ist Feiertag.
Aus diesem Grund und natürlich ob meiner unterirdischen Reichweite auf Social Media dachte ich mir ... mach dich nochmal nackisch.
Das hilft ja meistens ... glaube ich auf jeden Fall!

Leider ist die Größe der Fotos, die man postet, stark begrenzt. Will heißen, der untere Teil meines in die Jahre gekommenen Körpers ist zwar bis auf meine lange, schon recht fusselige Mohairunterhose in XL vollkommen unbekleidet und die Gummistiefel passen auch nicht mehr ins Bild ... aber ... ich hab's echt drauf!
Apropos Gummistiefel ...
Herr Arenz war am Wochenende mal bei so einer Thaimassagen-Masseurin.
So als Steinmetz hat man ja öfter mal Rücken.
Obwohl ich nur Beamte kenne, die immer diese Bandscheibenvorfälle haben.
Oh, das war böse ... egal!
In jedem Fall hat er sich da mal auf die thailändische Pritsche gelegt und sich „bearbeiten" lassen.
Nach 2 Stunden stand er wieder in der Tür.
Den Kopf unterm Arm, leicht bis mittelstark nach Tempotaschentuch riechend und nicht wissend, ob er den nächsten Tag überleben würde.
Diese Frau hat es definitiv geschafft, Herrn Arenz so richtig „zusammenzufalten".
Die machen ja direkt „kurzen Prozess". Nix aufwärmen! Direkt druff und gib ihm.
3 bis 4 Liter Sesamöl helfen, die ganze Sache etwas flutschiger zu machen.
Ihre Ellenbogen bohren sich geschmeidig in deine Eingeweide und Herr Arenz war froh, dass er das Frühstück hat ausfallen lassen. Bei so einer Massage kann der Magen inklusive Dünndarm schon mal andere Körperteile in Besitz nehmen!
Diese Frau hatte es definitiv drauf!
Und Herr Arenz?

Der hat es definitiv überlebt und war am nächsten Tag „wie neu geboren"!
Ich danke Ihnen, Frau Sa Nga, so schnell schafft es niemand, Herrn Arenz so richtig platt zu machen!
Selbst ich brauch da oft mehr als 2 bis 3 Liter Sesamöl ...

Samstag.

The day after the Brückentag.
Bridgeday ... für die, die nicht so gut Englisch können wie ich!!!
Alles wieder im grünen Bereich!
Der „General" hat gerade gekündigt! Er fühlt sich von mir belästigt! Nun, denn ... wenn er meint. Sein Zitronenduft ist mir eh ziemlich auf den Keks gegangen.
Da hat man ja schon morgens das Gefühl, man müsste sich ein Mixgetränk mit Schirmchen zubereiten!
Ich hab ja noch Herrn „Proper" und jetzt neu im Sortiment: den „Alleskönner". Da bin ich gespannt. Schäumt nicht, riecht nicht und kannste hinterher sogar in Sprudelflaschen abfüllen!
Ach ja, meine oberflächliche Putz-Manie ...
Möchte mal jemand den Schrank öffnen, wo diese Plastikschüsselaufbewahrungsboxen drinne sind?
Das gibt Spaß!!
Oder noch interessanter: meine Tageshandtasche bzw. Rucksack. Viele meiner Followerinnen haben ja einen „Taschen-Fetisch".
Zu jedem Klamöttchen 'ne andere Tasche.
Das fasziniert mich wirklich sehr.
Oder vielleicht ist das ja auch ein mich total verzehrender, wahnsinnig machender Neid?

Nee ... Neid ... find ich albern.
Vermutlich ist es die Tatsache, dass ich keine Lust habe, den ganzen Kram, den ich in meinem Rucksack habe, in eine andere Tasche umzuräumen.
Inklusive aller Bakterien! In einer Handtasche sollen ja mehr Bakterien sein als aufm Klodeckel!
Also bei mir könnte das wirklich stimmen!
Erst mal all die Geschenke aus der Apotheke, Hundeleckerlis, die mal aus der Tüte gefallen sind, eine offene Tube Handcreme, gebrauchte und natürlich ungebrauchte Papiertaschentücher, Bonbons, mindestens 3 Parkscheiben, unzählige Quittungen vom Supermarkt, Pfennige aus dem letzten Jahrhundert und 'ne mal noch voll gewesene Capri-Sonne-Multivitamin!
Jaaaaa, da brauchste Gummihandschuhe, wenn du mal an die Geldbörse willst!
Bevor es sich allerdings größere Tiere in meiner Tasche gemütlich machen, wird sie entsorgt.
Aus diesem Grund ist es wichtig, sich nicht unbedingt eine Tasche von Lagerfeld oder so zu kaufen.
Das wäre ja wirklich schade!! Tja, jetzt wisst Ihr es ...
Ich bin ein Handtaschen-Messie, aber richtig gut organisiert!
Mein „Möchte-gern-Perfektionismus“ endet vor meinem Rucksack!

Montag.

Mein Hamsterrad hat gerade Fahrt aufgenommen. Duftbäumchen sind ausgewechselt, Toilettenpapier erneuert! Los geht's.
Bitte nicht drängeln – jeder darf mit!! Na, wie isset? Wie war euer Wochenende??
Aufgrund der Ermangelung an Sonnenschein und Wärme, draußen, habe ich versucht, im Haus faul zu sein. Hat ganz gut funktioniert – auf der Couch.
Und wenn ich da mal zum Liegen komme, dann gibt's kein Halten mehr. Ich kann ja liegen!!!
Unglaublich.
Herr Arenz muss mich dann in zeitlichen Abständen immer mal wieder drehen, damit ich mich nicht wundliege.
Er ist da sehr fürsorglich. Zumal er mit mir faul war, in einem anderen Teilbereich unserer Couch.
Zum „Entspannungsmodus" gehört natürlich auch das Einschalten des Fernsehers.
Oh, Entschuldigung ... das habt ihr falsch verstanden.

Wir greifen ins Bücherregal, wählen die schon letztes Wochenende begonnene Ausgabe der Enzyklopädie Flora und Fauna im Devon. Ein Genuss!
Zeitgleich lief dann doch dieses 24-Stunden-Rennen auf dem Nürburgring im TV. Eigentlich brauchste bei uns nur das Küchenfenster aufzumachen, dann hörste das Motorengeräusch auch live!
Mir fehlt für diese Art der Fernsehunterhaltung ein bisschen das nötige Testosteron, aber Herr Arenz liebt es.
Kaum ist das erste Auto aus dieser Boxengasse raus ... schläft er schon friedlich. Nein, wie süß!
Mein Problem: Er hält die Fernbedienung fest umklammert. Das ist derselbe Reflex, wie wenn so'n frisch geschlüpftes Baby deinen Finger nicht mehr loslässt! Versuche ich nur im Ansatz, die Fernbedienung gaaaanz langsam aus seinen Händen zu befreien, öffnet er die Augen.
„Was machst du?", fragt er mich vollkommen entsetzt. „Ich guck doch Rennen!"
„Aber du schläfst doch und ich könnte schön Rosamunde Pilcher gucken, mit Knutschgeräuschen und mit ohne Autos!"
Er umklammert das Objekt meiner Begierde nochmal fester: „Neeee, das hier ist wichtig. Ich muss wissen, wie es ausgeht!"
Kaum ausgesprochen, schlummert er schon wieder.
So geht das bestimmt noch 4- bis 5-mal. Ich komm einfach nicht dran. Na gut, wenn er meint ... dann hole ich mir mal eben das Tablett und geh ein bisschen shoppen.
Er hat es ja so gewollt ... Schönen Montag!

Dienstag.

Und was kommt heute, einer 2000 Jahre alten „Ming-Tsching-Dynastie“ folgend?

Genau.

Das Wörtchen zum Dienstag.

Heute mal von solch einer intensiven Intensität ... mit so viel Nachgang und unwiederbringlicher Tiefheit.

Ein Wörtchen, welches selbst mir schon beim einmaligen Lesen einen wohligen Schauer über meinen doch etwas knittrigen, älter gewordenen Rücken laufen lässt!

Yin und Yang in perfekter Harmonie.

Hach, herrlich. Ach ja, mein Rücken.

Da komm ich jetzt auch nicht mehr so richtig dran.

Da kann ich mich verbiegen wie so'ne Brezel.

Es gibt einfach mittlerweile Teilbereiche, die muss Herr Arenz ab und zu mit der Wurzelbürste bearbeiten.

Nützt nix ... bevor ich 'nen Pflegedienst bestelle, soll er erst mal ran.

Wofür hat man sich denn im Alter? Auf jeden Fall nicht für den Spaß.

Ach ja ... um da jetzt mal flott 'nen Haken zu schlagen und zum Thema zu kommen. Grillen.

Nicht die, die so rumzirpen tun und die man auch grillen kann ... nein.
Das Grillen am neuen Grill. Nachdem er ja mit viel Schreierei zusammengesetzt worden war und als sogenannter „Nebenaltar“ noch eine Weile in der Diele stand, hat er jetzt draußen sein Plätzchen gefunden.
Prächtig kommt er daher mit seinem übergezogenen „Plastikkondömchen“, so groß, dass man das auch als Festzeltstation für mein Affenpocken-Testzentrum benutzen könnte!
Man braucht ca. 4 Hungrige, um diesen Regen- und Sichtschutz zu entfernen und um mit dem Grillvorgang zu beginnen. Tja, da waren sie wieder, meine 3 Probleme.

Ich koch nicht gerne, unser Pubärtier ist immer auf irgendeiner Junggesellenparty und Herr Arenz kann kein rohes Fleisch sehen, geschweige denn riechen.
Soll ich jetzt in der Küche vorkochen und das dann mit schöner Deko auf den sauberen Grill drapieren? Es gibt sogar jetzt Duftöle mit Grillaromen ... Man könnte da Grill-Traumwelten schaffen, die noch nie ein Mensch zuvor gerochen hätte! Wein brauchste nicht warm zu machen, Bier hamma nicht, Zitronellakerze an und die Show von Sieg-fried und Roy in Las Vegas wird zum Kasperletheater!
Herr Arenz bekommt „gegrillte“ Rouladen und ich die Getränke. Der Grill: sauber, makellos. 22 Uhr.
Ich muss ins Bett. Plastikhülle um Mann und Grill, Expander drum ... fertig.
Ich liebe Grillen.

„Happy Hanfday“, meine bezaubernden Follower!
Schon wieder Wochenmitte.
Tja, mit mir kann man Zeit verbringen, ne?
Ich bezeichne mich auch gerne als die Nachfahrin der Gebrüder Grimm und/oder die angenommene Enkeltochter von Rosamunde Pilcher. Lebt die eigentlich noch? Gut, egal.
Wenn nicht, könnte ich ja jetzt endlich mal so'n Drehbuch schreiben.
Bei Rosamunde spielt ja alles immer so weiter weg ... am Meer. Dünen, Rosen, ein toller Kerl, ein Arschloch und eine schöne Frau.
Die is' ja zuerst wegen des Idioten des Films mit 'nem Cabrio nach Irland oder so geschwommen. Während die so paddeln tut, kommt ein afrikanischer Blauwal auf seiner Urlaubsreise Richtung Castrop-Rauxel vorbei, rammt das Cabrio und begeht „Schwimmerflucht“.
Jaqueline, nennen wir sie mal so, kommt mit ihrem Punktekleid und dem Strohhut kräftig ins Straucheln.
Letzte Einstellung der Kamera:
Weit aufgerissene Äugelchen, während sie flott nochmal den Naturvaselinelippenstift über ihre vollen Lippen zieht.

Von der Küste aus sieht ein junger, gutaussehender, langhaariger Krabbenfischer mit blau-weißem Ringelshirt und Ankertattoo direkt über der rechten oberen Brustwarze, die auch noch soo klasse aussieht ... sorry, muss mir mal grade den Speichel aus dem Mundwinkel wischen ... das Unglück auf dem Meer mit Wal und Strohhut schon kommen.

Er streift sich gaaaanz langsam, mit Streichermusik, das T-Shirt vom leicht angeschwitzten Körper, bindet sich das lange, lockige Haar mit seiner Oma ihrem Einmachgummi zusammen und ... holt das Handy raus.
Nee ..falsch ... er wirft sich mit seinem Astralkörper in die Wellen, vorbei an etlichen Krabben und dem Blauwal und ist in 3 Schwimmzügen beim Cabrio.
Jaqueline hat es sich auf dem aufgeploppten Airbag mit Bikini schon gemütlich gemacht.
Das Schirmchen in ihrem Cocktail wackelt aufgeregt hin und her. Beide sehen sich in die Augen und ihre Blicke können nicht mehr voneinander lassen. Ihr Retter zieht vorsichtshalber die Handbremse.
Michael Bubble singt sich schon mal warm.
Alle 3 gründen eine Familie und das Arschloch des Films steht noch am Obststand und fragt nach Kieler Sprotten.

Klappe. Fertig. Seid ihr noch da? Hallooooo ... War schön, ne??

Donnerstag.

Wisst ihr eigentlich, woher der Name Donnerstag kommt? Dann passt jetzt mal gut auf. Was zu schreiben? ... Ich auch nicht sooo genau. In jedem Fall haben die bei ARTE gesagt, da hat doch tatsächlich dieser Thor mit zu tun.

Jaa, unglaublich, ne? Der mit dem Hammer aus'm Fernsehn.

Und das is' ja auch mal ein Hammer-Knackarsch! Halleluja.

Nicht so yummie wie mein Krabbenfischer von gestern, aber kommt nah ran. Ihr könnt hier an dieser Stelle mit Leichtigkeit erkennen, dass ich ein ganz schön verzerrtes Männerbild habe ... Gut.

Herr Arenz hat kein langes, lockiges, an gaanz heißen Tagen mit einem Gummiband zusammengebundenes Haupthaar, aber ... er kommt nah dran.

Ich bin also verwöhnt, was das angeht. Ich könnte ihn jetzt mit großer Wahrscheinlichkeit davon überzeugen, Herrn Arenz natürlich, sich die Haare wachsen zu lassen, bis sie Krabbenfischerlänge haben, aber ich vermute, er sieht dann flott aus wie Catweazle – nur größer halt.

Wer will das? Ich nicht.
Also ... bleibt er, wie er is'!
Man soll ja eh nicht so an seinem Ehepartner rumschrauben, dann gefällt er einem irgendwann nicht mehr, sagen die bei RTL-Stern-TV, oder war das SWR-Regional??
Egal. Ach ja ... dieser Thor.
Also, der wird ja echt immer so lecker dargestellt ... so lecker, dass der sogar nach Feierabend bei diesen „Chippendales" mittanzen könnte. Als mir meine Freundin vor Jahren erzählte, dass sie zum Geburtstag die „Chippendales" geschenkt bekommen hat, hab ich sie allen Ernstes gefragt, was sie denn mit so alten Möbelklamotten wollte. Ich wusste das nicht, wirklich!
Jaaa, jetzt schon!
Ich habe auch bis vor 10 Jahren gedacht, 'ne „Breitling" wäre eine besonders breite Uhr. Pffffttt ... bis ich dann den Preis gesehen habe!
Mir reichen ja die vom Aldi ... die Uhrzeit ist ja überall gleich, oder? Wichtig ist doch, welcher Arm dranhängt und der Rest natürlich!
Mein Krabbenfischer, mit diesem Körper wie gerade erst von Michelangelo in feinstem Carrara gemeißelt, der hat jedenfalls keine Uhr, ach ja und keinen Hammer ... is' ja nicht Thor ... Der bestimmt die Zeit noch mithilfe der Sonne und der Sterne.
Ich hol mir grad nochmal 'nen Zewa. Ich sabbere wieder ...
So. Ab mit meinem rosa Einhorn zur Arbeit!

Freitag.

Nur noch ein paar Freitage ... dann ist Weihnachten!

Ich halte schon Ausschau nach Dominosteinen und hoffe nicht, dass die auch aufgrund von schwindelerregenden Frachtkosten und jeder Menge Rohölanteil in der Marzipanschicht so teuer werden. Es könnte ja auch sein, dass aufgrund der überlangen derzeitigen Lieferschwierigkeiten alle Weihnachts-Süßwaren wirklich erst drei Tage vor Weihnachten im Regal liegen ... und nicht schon nächsten Monat!
Auf der einen Seite für mich, ob der Dominosteine kaum auszuhalten, aber es gibt ja noch Geleebananen, auf der anderen Seiten nimmt man ja nix zu in dieser Zeit.
Brigitte-Diät ab 2. Januar??? Am Arsch die Räuber.
Wir bleiben ganzjährig auf der neuen körperfettmessenden Digitalwaage mit eingebautem Depressionspegel ohne Gewichtsschwankungen.
Die Waage braucht nur die Hälfte an Batterien und man hat morgens um 5 nicht das Gefühl, man müsste schon 'ne Flasche Schnaps aufmachen, da das Gewicht aufgrund des Verzehrs einer Erbse schwindelerregend in die Höhe geschnellt ist.
Klasse, oder?
Apropos erregend ... Nein, ich berichte jetzt nicht von dem Sixpack meines Krabbenfischers, an dem Knöchelchen für Knöchelchen das Duschwasser runterperlt, vorbei an dem muskulösen Ankertattoo mit den 2 Herzen, gaaanz langsam entlang eines herrlich gewundenen Bauchnabels, um sich dann mit fließender Leichtigkeit noch lauwarm einen Weg nach unten zu suchen.
Aus, aus. Klappe. Schnitt. Das drehen wir nochmal! Na?! Sabber ... Lecker, ne?

Jetzt wollte ich eigentlich erzählen, dass ich gestern auf der Post war. Aber mein Schreibfluss wird vermutlich jetzt gleich

wieder aufgrund Platzmangels jäh unterbrochen. Dann mach ich das morgen, ne?
Zumal ich mir da auch noch echt überlegen muss, an welcher Stelle ich bei der Postgeschichte meine „Erotikportion“ einbaue.
Heutzutage haste ja direkt neben dem Post-Schalter 'ne Wursttheke! Ach, Moment ... da könnte ich überleiten ... ja ... Ich hab da 'ne Idee ... das könnte klappen ...
Schönen Freitag, meine bezaubernden Wesen! Eure Rosamunde Arenz oder Petra Pilcher ... egal ...

Eigentlich wurde ich gut erzogen.
Keine Ahnung was danach passiert.

Dienstag.

Heute aber ein Dienstag mit einem Montag-Gefühl.
Will heißen: Nicht sooo dolle.
Der Blick von Dino gerade eben, als ich ihm ganz zärtlich in seiner „Mummelstellung“ übers Köpfchen gestrichen habe, hat Bände gesprochen!
„Leck mich!“, hat er mir ganz leise zugeflüstert und mir den nicht vorhandenen Mittelfinger gezeigt.

Bevor ich da mehr provoziere, ziehe ich mich ohne hektische Bewegungen in Richtung Bad zurück.
Nicht, dass in seinem doch so adligen Stammbaum ein Rottweiler in der Genetik liegt.
Beim ersten Blick in den Spiegel kommt mir dann gleich der Gedanke, ob bei mir nicht ein Rottweiler in der Genetik liegt.
Halleluja. Da brauchste ein paar Minuten, um das zu verkraften!
Also wenn ich mal zwei Tage aus meinem Arbeits-Mutter-Ehefrau-leidenschaftliche-Geliebte-Einkaufsstress bin, verändere ich mich blitzschnell in eine Art Fiona Shrek.
„Nachts ist es so, am Tage anders“, sag ich nur.
Nur der Kuss der Liebe ... ähm ... Quatsch ...
Nur kaltes Wasser und heftiges Klopfen mit beiden Händen im Bereich der Wangen lassen mein über Nacht unförmig gewordenes Antlitz halbwegs wieder normal werden. Danach sind zwar meine Handabrücke noch 2 Stunden lang sichtbar, aber ... ich bin ja Restauratorin.
Wenn diese Berufswahl für eins gut war, dann fürs höhere Alter!! Alles richtig gemacht! So.
Jetzt noch flott die „Brems-Friese“ unters noch kalte Wasser gehalten und das Haar in alle Richtungen gestylt.
(Der Föhn war wohl gestern noch in einer verrauchten, alkoholgeschwängerten Kneipe mit Hackbällchen im Einmachglas aufm Tresen! Boah, hat der Ausdünstungen!!)

Jaaa, es sieht zwar nicht so aus, aber jedes Haar meiner Frisur hat seine Aufgabe. Ich hab mal wieder alles unter Kontrolle.
Jetzt noch flott ’nen Blick auf „Herrn Shrek Arenz“.

Er atmet noch und seine „Oger-Öhrchen“ zucken lustig vor sich hin. Na, bis der sich wieder normalisiert hat, wird auch noch einige Zeit in Anspruch nehmen!
Endlich Kaffee!! Ach, das Wörtchen zum Dienstag ...
Mist ... Ich wollte doch über meine sehr gute sprachliche Erziehung berichten ... Scheiß drauf! Mach ich morgen!!!

Mittwoch.

„Happy Hanftag“, meine bezaubernden Follower.
Na, wie isset?
Habt ihr auch so gut geschlafen wie ich?

Es war ja von gestern auf heute, so wie sonst immer von Montag auf Dienstag ... das mit dem Schlaf ... Ich habe nur mal so um 1 Uhr gedacht, als ich von unglaublicher Wärme und aufgrund leichten Ziegengeruches kurz aufgewacht bin, dass ich mal die Wärmflasche weglassen sollte!
Es gibt ja tatsächlich Tage im Jahr, da brauchste keine Wärmflasche! Also mein dann doch nicht so ausgekühlter,

älter gewordener Körper braucht keine ... aber mein Kopf braucht eine.
Also nicht das große Ding mit den Haaren dran, welches am oberen Ende meines Truthahnhalses befestigt ist ... nee ... meine Einbildung, die braucht 'ne Wärmflasche.
Hab ich nicht beim Einschlafen dieses Gefühl von Wärme und leichter, kuscheliger Schwere auf meinem Bauch, kann ich nicht einschlafen. Geht nicht.
Und wenn ich nicht einschlafen kann, fang ich an nachzudenken ... über alles Mögliche.
Allerdings ist da nie der Krabbenfischer dabei, der gerade dabei ist, sich den geringelten Schlafanzug über seinen muskulösen, noch vom Duschwasser leicht feuchten Körper zu ziehen und mir beim Anziehen seiner „Stoppersocken", weil er nachts immer so kalte Füße hat, gaanz tief in meine abgeschminkten Augen schaut!!
Nee, ich überlege, was ich noch alles erledigen muss.
Puh ... und ich werd nicht fertig.
Mit meiner geliebten Wärmflasche passiert das nicht, aber ich wache dann irgendwann auf, rieche und schwitze so vor mich hin.
Aber nicht, dass ihr denkt, ich entledige mich dieser wundervollen Gummi-Erfindung!
Nee! Niemals! Sie ist ja jetzt nur noch lauwarm und ich leg sie mir wieder schön positioniert auf meinen doch recht großen Bauch und grunze vor mich hin.
Ich kann ja nicht einschlafen ohne und auf 'ne schlaflose Nacht hab ich keine Lust! Hach, das Leben kann so einfach sein!
Gut, am nächsten Morgen ist 'ne Dusche fällig ... aber da wartet ja schon wieder mein Krabbenfischer, der mir dann das Duschzeug reichen tun tut ... und er hat den Schlafanzug

ausgezogen, um sich ein nur gerade ausreichendes Handtuch um seine noch vom Duschwasser feuchten Hüften zu binden.
Sabber ... Sach mal ... Duscht der nicht zu viel?

Donnerstag.

Heute in einer Woche schlummere ich noch um diese Zeit in meiner vermutlich mal wieder vollkommen überhitzten Flohkiste.
Dann ist ja wieder Feiertag.
Der Jesus hat da vor so 2000 Jahren wieder irgendwas angestellt. Aus diesem Grund darf ich im Bett bleiben.
Also jetzt mal ehrlich: Wenn wir den nicht gehabt hätten! Und der sieht auch noch aus wie mein Krabbenfischer!! Noch 'nen bisschen ins Gym ... Bepanthen auf die Wunden, Pflaster druff – fertig issa! Yummie!
Nur von seiner „Arbeitsstelle“ dürfte er mich nicht so volllabern.
Also wenn der nicht wäre, müssten wir Weihnachten und Ostern arbeiten!!!
Nix: „Ihr Kinderlein kommet!!!“ So isses!
Das muss man sich mal bewusst machen, wenn man wieder so rumjammert beim Nahrungsmitteleinkauf vor den Feiertagen.
Gut, er hat ja gesagt, nur Wasser und Brot ... und Fisch und Krabben noch!
Das haben wir ja etwas abgeändert! Ich glaube nicht, dass Maria damals Rouladen mit Gürkchen und Ei gemacht hat!

Ach, ja ... überhitzt in der Flohkiste ... Ich schweife wieder ab!
So zwischendurch fallen mir dann diese Berichte wieder ein.

Von Menschen, die sich selber von innen entzünden. Also keine Feuerschlucker beim Roncalli!
Nee, die anderen.
Da kann man morgens aufwachen und liegt total verkohlt im Bett. Halleluja! Vermutlich macht's nur „Puff" und weg biste! Man dampft dann morgens noch ein bisschen nach und müffelt verbrannt ... das war's!
Und da Herr Arenz vollkommen geruchsunempfindlich ist, merkt er erst, dass ich ganz verbrannt neben ihm liege, wenn auch nach Stunden das Geräusch vom Staubsauger nicht ertönt!
Oh je! Ich glaube, ich lass mal die Wärmflasche weg ... oder nur mit kaltem Wasser gefüllt.
Dann hätte ich im Fall der Fälle meine eigene Sprenkel-anlage! Ich könnte gerettet werden!
Aber dann wird die Matratze nass ... Das gibt ja so Kränze! Das seh ich immer, wenn Sperrmüll ist und die werden entsorgt.
Da liegen ja so viele Matratzen am Straßenrand, vermutlich von Menschen, bei denen kurz vor der Selbstentzündung die Wärmflasche alles gelöscht hat!!!!
Na ja ... wenigstens überlebt!! Oder???

Montag.

Und täglich grüßt das in die Jahre gekommene Murmeltier.
Mein Hamsterrad ist frisch geölt, in den Kabinen wird heute ein Aufguss mit einer Duftmischung aus frischen Kräutern und Limetten serviert.
Ihr könnt schon im Ansatz erahnen, dass sich unser Erholungs-Zweitage-Ausflug tief in meine nun tiefenentspannte Seele gebrannt hat.
Ich muss zugeben, die Tage vorher waren wir damit beschäftigt, unseren Hund, den Betrieb und das Pubärtier versorgt zu wissen.
Dino und Betrieb ... kein Problem.
Unser Sohn ... tja ... das war irgendwie wie Russisch Roulette. Wir wussten nicht, ob unser Heim bei unserer Rückkehr noch so aussieht wie vorher oder ob es aufgrund einer sturmfreien Grillparty mit so 120 Leuten nur noch anhand des Grundrisses zu erahnen wäre.
Nur so viel: Es steht noch.
Wir also schon in aller Frühe in unser „Oldtimer-Mädchen".
Kaum angeschnallt, grunze ich ja schon zufrieden vor mich hin.
Hach, wat herrlich.

Nach nur zweistündiger Fahrt waren wir auch schon da. Schon der Anblick des Eingangsbereiches von außen versetzte mich in leise Verzückung, was dann beim Betreten dieses „Paradieses“ in lautes Verzücken umschlug. Meine Augen wurden immer größer. Der Designer dieses Hotels ist vermutlich nicht von dieser Welt.
Unglaublich.
Innerhalb von Minuten erschien auch schon ein freundlicher Mensch, der uns begrüßte, als sei ich die Königin von Saba mit ihrer Entourage.
Gut, es ist ja auch so, aber dass sich das schon bis ins Saarland rumgesprochen hat. Erstaunlich.
„Möchten Sie sich erst umschauen oder gleich zum Frühstück?“ Ich wollte mich umschauen und gleichzeitig was futtern! Das ging natürlich auch! Vorbei an einem Frühstücksbuffet, welches keine Wünsche offenließ.
Während Herr Arenz sich von solchen Dingen in keinster Weise beeindrucken lässt und zu solchen Dingen greift, die auch wir im Kühlschrank haben, geselle ich mich gleich zu der Abteilung mit kleinen Wurstscheißerchen, köstlich duftenden Frikadellen und so knusprig gebratenem Speck, der beim Zerbeißen hörbar laut Geräusche macht.
Senf drauf – glücklich. Brot, wer braucht Brot? Ich nicht!

Das Wörtchen zum Dienstag.

Wir atmen jetzt gaaanz tief durch das obere Nasenloch ein ... in den Bauch atmen ... halten ... halten, hab ich gesagt!!!! Bis ich hier fertig bin!

Also ... nach unserem opulenten Frühstück mit „Schlachterplatte“ vom saarländischen Ökobauern habe ich mir noch eine halbe Obstplantage reingezogen.

Melone, Mango, Ananas und unzählige Granatapfelkerne. Mundgerecht, leicht gekühlt und von einem Beißgefühl, das keine Wünsche offen lässt.

Ausgestattet mit einer taupe-farbenen Flecht-Saunatasche, gefüllt mit unzähligen schneeweißen Handtüchern, einem Fluffi-Bademantel passend zur Tasche und Slipper-pantöffelchen in Einheitsgröße.

Während ich da 3 x reinpasste, war Herr Arenz bis zur Hälfte barfuß!

Wir waren angekommen.

Glücklich, satt, strahlend auf dem Planeten der taupe-farbenen Fluffi-Bademäntel.

In der Öko-Bio-Sauna flüsterte Herr Arenz mir verliebt zu: „Du bist die schönste Frau hier in der saarländischen Saunawelt!“ Is' klar, ne?!!
Er hatte die Brille ausgezogen und wir waren die Einzigen!
Aber egal!
Mein Krabbenfischer kennt immer das Drehbuch ... Den Höhepunkt unserer Tiefenentspannung krönte eine Muskelenergiemassage!
Ich war gespannt, wo ich überall Muskeln habe.
Die gehn ja doch im Alter etwas verloren und werden durch ... nix ersetzt. Egal!
Fünf Bademäntel warteten mit mir in einer taupe-farbenen Lounch-Ecke mit integriertem Holztablett zum Abstellen meines Champagners.
„Herr Arenz?“, hauchte ein weibliches Wesen in den Raum.
„Ja, das bin ich.“
Also nicht jetzt wirklich, aber egal. Und ihr war das auch egal.
Das war sie. Meine vermutlich thailändische Massagefee.
Nett, gutriechend, klein, muskulös. Das könnte lustig werden.
Ich wurde in einem abgedunkelten Raum mit Ming-Sching-Musik, Räucherstäbchen und einem Kerzenmeer auf einer leicht angewärmten Liege aufgebahrt. Herrlich.
Ich sollte doch mal mit unserem Bestatter reden. Da könnte sich eine neue Nische auftun!!

„Happy Hanftag“, meine bezaubernden Follower!

Und ... wie isset?

Noch ’ne Portion Wellness gefällig?

Wer jetzt von gestern noch die Luft vom Einatmen hält ... jetzt könnt ihr ausatmen ... ganz langsam. Augen immer noch geschlossen. Eins auf zum Lesen!

Ohmmmm ...

Also, ich steh da so vor meiner Massagefee.

Mit einem freundlichen Lächeln zeigt sie auf ein kleines Päckchen, 4 × 3 cm groß und schwarz.

„Untelhose.“

Ahhhhh ... Untelhose. Oh, weia.

Beim „Un-Boxing“ – oder wie heißt das, wenn man ’nen Paket aufmacht – kommt ein papierähnliches Etwas zum Vorschein, mit ca. 10 langen Bändern dran und einem integrierten Papierdreieck.

Ungefähr so groß wie die Mini-Nussecken vom Bäcker nebenan – nur ohne Nüsse! Untelhose.

Wie sollte ich die nur an meinen Körper binden und wie konnte ich da meine Speckrolle von der Schlachtplatte vom Frühstück unterbringen?

Nach Minuten der kompliziertesten Origami-Technik hatte ich das Ding um mich geschnürt – mit Dreieck fachgerecht nach vorne.
Hoffentlich macht Herr Arenz 'nen Selfie, wenn er seine „Untelhose" umschnürt.
Das könnte bei Veröffentlichung in den Sozialen Medien vor Begeisterung zum wochenlangen Zusammenbruch des Internets führen. Nun gut. Endlich lag ich.
Zuerst auf dem Schlachtplatten-Bauch, damit die Massagefee mit ihrem kleinen, spitzen Ellenbogen gaanz tief Stellen auf meinem Rücken zum Quietschen bringt, die nie ein Mensch zuvor gespürt hat.
Da ich mit dem Gesicht auf so 'nem Gummi-Donut lag, wurden meine Hilfeschreie stark gedämpft. Gefolgt von einer traumhaften Massage mit warmen, öligen Händen.
Jaaa, das könnte auch mein Krabbenfischer sein!
Bekleidet nur mit einem Handtuch um die Hüften, gerade so gehalten von einer defekten Wäscheklammer.
Sein langes, lockiges Haar ...
„Bitte lumdlehn", kommandierte die Massagefee freundlich.
Mist.
Gerade, wo es so schön war. Beim Wenden meines Körpers hatte sich meine Origami-Kunst in der unteren Körperhälfte schon fast aufgelöst.
War vermutlich sogar essbar, meine Untelhose.
So. Jetzt meine nördliche Körperhälfte. Herrlich.
Meine Massagefee hatte großen Spaß mit den Brandwunden auf meinem Bauch – durch meine Wärmflasche.
Ich hatte geglaubt, Afrika zu erkennen ...

Freitag.

Hier am Arsch der Welt wieder ein Brückentag. Und? Wer latscht da heute wieder drüber?

Petra Pilcher-Arenz. Na ja ... egal.

Aufgrund erhöhten Feieraufkommens am Mittwoch habe ich gestern auch fast nur liegend verbracht.

Mein Körper war etwas erschöpft und die Gehirnzellen auch!

Unsere Wellnesswoche wurde unterbrochen.

Gut, detoxen bringt ja auch nur was, wenn man seinem in die Jahre gekommen Körper mal ordentlich einen gibt, oder?

Also, stellt euch mal auf eure Tchibo-Yogamatte ... jetzt runter zur bekannten Stellung „kalter Hund im Sonnenaufgang" ... ganz runter, halten. Augen zu.

Meine Massagefee erfreute sich, wie schon im letzten Teil „gepilchert", an den Brandflecken auf meinem – ich nenne es mal „Bäuchlein" – verursacht durch meine leidenschaftliche Liebe zur Wärmflasche. Bäuchlein auch deshalb, weil in der Rückenlage ja so herrlich alles zu allen Seiten wegrutscht.

Hattest du vor Sekunden noch 'ne Körbchengröße C, biste jetzt bei „Brett mit nach links und rechts zur Seite gefallenen Warzen".

Der Bauch so flach, könnteste Plätzchen drauf ausrollen. Allerdings wird mittlerweile in Rückenlage auch das Gesicht breiter. Hach, ja.

Ich schweife wieder ab ... also, ich glaubte ja, in meinen Bauch-Brandflecken jahrelang „Eurasia“ kurz vor Beginn der tektonischen Erdplattenbewegung zu erkennen.
Meine Massagefee war da anderer Meinung.
Mit entzücktem Aufschrei schien sie wohl vermutlich Thailand erkannt zu haben. Sie presste mit ihrem Finger zunächst in die Stelle auf meinem Bauch, wo sie ihre Heimatstadt vermutete.
Danach zeigte sie mir, wo ihre Geschwister mütterlicherseits zu finden waren, während ihre Cousins väterlicherseits eher wohl unter meiner rechten Brust wohnten. Bevor sie mir erklärte, dass ihr Opa in meinem Bauchnabel sein Sushi-Restaurant betreibt, beendete sie die nicht im Programm beinhaltete Akkupunktur und fuhr glücklich lächelnd mit der Muskel-Massage fort.
Ich spürte, jetzt hatte sie mich so richtig in ihr Herz geschlossen.
Sie fand Muskeln an Stellen, da gibt's eigentlich gar keine!
„Feltig“, rief sie fröhlich. Gerade hatte mir mein Krabbenfischer ins Ohr geflüstert, dass ich mich rumdrehn sollte …

Samstag.

Ich hatte gerade schon 'ne ordentliche Auseinandersetzung mit Meister Proper! Das ist vielleicht 'ne Tusse! Er entwickelt doch tatsächlich eigenen Willen. Aber nicht mit mir.
Er hat's dann eingesehen und putzt jetzt ohne Mucken das Bad.
Ich, ne? Ich kann, ne?

Ach ja, apropos Selbstüberschätzung ... unsere Wellnesswoche ist ja noch gar nicht vorbei.
Wir waren nur 2 Tage, jetzt „pilcher“ ich schon die ganze Woche davon.
Das nenn ich mal nachhaltig! Also ... wo lag ich ... ach ja ... auf der angewärmten Bahre auf meinem Krabbenfischer und der Massagefee.
Die Muskelenergiemassage war beendet. Ich glänzte wie 'ne Speckschwarte und war total tiefenentspannt.
Bis zu dem Moment, wo ich mich meiner hochwertigen „Untelhose“ entledigen musste.
Ein Bändchen hatte sich in die Tiefen meiner Pobacken geschraubt und das musste ich galant entfernen, ohne dass ich umfallen tu. Halleluja.
Aus diesem Grund mag ich ja diese String-Tangas nicht. Da haste immer das Gefühl, da wär was, oder?
Und in vermeintlich unbemerkten Momenten pokelt man da rum, um das „Fädemchen“ wieder an die Oberfläche zu befördern.
Und ziehste mal kräftig, ist plötzlich das Stoff-Dreieck vorne verschwunden! Himmel.
Da lob ich mir doch die Schlüppis, wo richtig Stoff verarbeitet worden ist. Als Kind hab ich die mir immer schon bis unter die Arme gezogen.
Heute bin ich auch hin und wieder versucht, das zu machen, aber ich muss einige Speckrollen überwinden ... und dann passt es nicht mehr!
Was hab ich Probleme!!!
Ach ja, und haste 'ne Slipeinlage im String-Tanga ... Da kannste dir auch doppelseitiges Klebeband unten hintun!!
Aua! Das sind Schmerzen!
Was hab ich heute für Themen! Schön, ne?

Ach, ja ... Wellness ... Nach mir war ja „Frau Arenz“ dran. Während ich mir in der Spa-Lounge einen frisch hergestellten Energie-Smoothie bestellte und gleich danach noch ’nen „Ruhe-Smoothie“, gefolgt von einem „Glow-Smoothie“, um auch wirklich nichts falsch zu machen, setzte ich mich in eine riesige Schaukel und schaukelte so vor mich hin.
Schon ganz freudig erregt bei dem Gedanken, dass Herr Arenz sich mit der Papier-Untelhose gerade eben schon alles abgeschnürt hatte.
Ich sah schon den spa-eigenen Notarzt mit Schere und Beatmungsgerät ... ohhhhh.

„Marihuana-Donnerstag“.

Ich war gestern mal wieder im Fernsehn investigativ nur für euch unterwegs. Wie ich mich immer opfern tun tu.

Für die Inkas damals wäre ich opfertechnisch echt ein gefundenes Fressen gewesen.
Aber gestern Abend. Mittwoch.

Beste Sendezeit auf einem Kanal mit Fünf-Sterne-Niveau. Die Bachelorette. Halleluja.

Da brauchste Marihuana und 'nen Eimer Pattex.
Also, die Sache mit dem letzten männlichen Bachelor habe ich noch nicht richtig verdaut, da gibt's das schon umgekehrt. Irgendwo auf einer Luxusfarm in Afrika.

Erste Einstellung: Ein Affe guckt komisch in der Gegend rum.
Zweite Einstellung: Mindestens 10–15 ähnliche Gestalten gucken komisch in der Gegend rum.
Zustände wie früher am Ballermann, nur ohne Strohhalm.
Da kriegste Angst! Kleiner Kopf, großer Körper, vollkommen unbehaart, mal mehr oder weniger tätowiert.
Die werden da in Afrika mit ihrer Rasiererei schön die Abflüsse verstopfen.
Mit lautem Gebrüll im Gehege springen alle in den Pool.
„Halt", ruft einer, „erste Regel: Keiner pinkelt in den Pool!"
Na ja, das ist ja schon mal was! Die haben's drauf.

Jetzt wird erst mal gefeiert.
In Verbindung mit jeder Menge Alkohol gibt's echt gute Gespräche. Hoffentlich haben die da in Afrika genügend Decken, Bällebäder und Hängolin.
Die hübsche Bachelorette erscheint am nächsten Morgen vollkommen unerschrocken im Luxus-Gehege, nimmt eine kleine Gruppe Primaten, um in einer Elefanten-Auffangstation jede Menge „Elefanten-Kacki" wegzuschaufeln.
„Das erdet ja so", ruft schon einer aus der Menge.
Und weil sich jeder profilieren will, ist die „Kacki-Arbeit" dann auch schnell erledigt.

Schnell zur „Elefanten-Küche“, wo die Stärksten aus der Gruppe für die Tiere Gürkchen in Hälften brechen dürfen. Eine traumhafte Überleitung zu intensiven Gesprächen mit tiefem Tiefgang.
„Ich muss jetzt alles erst mal sacken lassen“, flüstert Bam-Bam vollkommen erschöpft und verliebt, von oben bis unten mit Kacki überzogen, im Einzelinterview.
„Sacken lassen.“ Ja, is’ klar, ne?
Ich vermute, es wird spannend und ob der Einsatz von schwerem Gerät und Wasserwerfern vermieden werden kann? Ich bleib dran.
Für euch!

Freitag.

Na, wie isset?
Soll ich noch mal bisschen „rum-klugscheißern“?
Heute in einem halben Jahr, eventuell genau um diese Uhrzeit, mach ich Rouladen.
Es ist Heilig-Abend-Morgen. Ich werde alle Rouladen-inhaltsstoffe auf diese überlangen Fleischlappen legen, diese

dann mit meiner extra angelernten Rouladen-Origamitechnik zusammenrollen und einen großen Rouladenturm bilden, der dann stundenlang angebraten werden muss.
Ich hasse kochen. Man riecht, schwitzt und ist satt, bevor man überhaupt angefangen hat zu essen! Ich werde nie verstehn, wie man sich beim Kochen und Gärtnern entspannen kann, aber ... so hat jeder seins!
Gell, ihr Flitzpiepen?!? Ich habe es nämlich diese Woche richtig gut.
Herrn Arenz hab ich – aufgrund seiner Corona-Erkrankung – mit 'ner Flasche Wasser im Bett aufgebahrt, Kinderstunde an. Ruhe is'.
Und das Beste: Er hat keinen Hunger!
Die vier schönsten Worte der Welt!!!
Ich geh dann zwischendurch mal ans Krankenbett, guck, ob er noch atmet, und frag dann: „Duuu, Chérie, was soll ich dir denn heute Abend Leckeres kochen? Medium rare T-Bone-Steak an Speckböhnchen mit Kartoffelgratin oder Schweinelendchen, gratiniert mit handgeschnitzten Pommes an Kräutermarinade?“
Bisschen komisch guckt er mich dann schon an, wenn er antwortet: „Ich hab überhaupt keinen Appetit, das tut mir jetzt leid!“
„Gar nicht schlimm, Schatz“, höre ich mich sagen, „komm, ich schäl dir wenigstens einen Apfel!“
Freudig erregt lauf ich in die Küche, um mit großer Sorgfalt ein schönes Lachgesicht in das tolle Äpfelchen zu schnitzen. Küche sauber, nix riecht und die Köchin ist zufrieden! Während wir dann zusammen im Bett „Bugs Bunny“ gucken, stibitze ich ihm ein Apfelstückchen.
Zu viel Obst ist nicht gut für ihn!
Tja, und unser Pubärtier ist auf Klassenfahrt.

Man kann auch mal Glück haben im Leben, ne?
Ich steh jeden Abend mit großen Augen vor der Waschmaschine und finde nix für rein!
Der Kühlschrank wird einfach nicht leer und keiner klaut mir meine Einwegrasierer.
Dieser wahr gewordene Hausfrauentraum ist genau heute zu Ende. Unser Sohn kehrt nach Hause zurück. Warum dauern Klassenfahrten eigentlich nur eine Woche? Boah, bin ich böse, ne ... und ehrlich ...

Samstag.

Mein „Corona-Befall" hat Putzstreifen hinterlassen.
Die hab ich jetzt grade erst mal eliminiert.
Meister Proper hat auch Corona, der Alleskönner muss ran.
Das Problem: Herr Arenz liegt überall im Weg rum.
Ich muss regelrecht über ihn drüber, um alle Bakterien, Viren und Dino-Haare fachgerecht zu entsorgen.
Jetzt hab ich meinen Mann draußen auf die Schaukel gesetzt. Da kann er jetzt erst mal ein Stündchen schaukeln, ohne meinen Arbeitsprozess in irgendeiner Weise zu unterbrechen.
Herrlich, so ein Außengehege!
Um meinen Samstag noch zum wöchentlichen, lustigen Höhepunkt zu bringen, habe ich gerade im Bad drei Ameisen entdeckt.
AMEISEN.
Eigentlich kann ich mir schon in meinem goldenen Brigittekalender den Tag und die Uhrzeit ankreuzen, wann die hier aufschlagen! Vermutlich sind Sommerferien in der Ameisenschule!
Aber warum klingeln die nicht erst?

Ach ja, unsere Klingel ist ja seit 15 Jahren nicht mehr einsatzbereit ... stimmt. Also hinten rum.
Zuerst kommen die Ameisenkinder.
Ich seh ja – auch mit Brille – nicht mehr wie ein Seeadler, aber das sehe ich!
Erste Reaktion: leichtes Kribbeln im Bereich der Oberlippe.
Der Lippenherpes ist auch einsatzbereit!
In Windeseile verwandle ich mich von der Putzfee in die älter gewordene „Lara Croft".
Bewaffnet bis an die Zähne mit Ameisenspray, -köder und Backpulver leg ich mich in Lauerstellung.
Ja, ja ... Ich weiß ... Naturschutz. Phhhhfff.
Aber ihr habt die Eltern und die bucklige Verwandtschaft dieser kleinen süßen Ameisenkinder noch nicht gesehn!
Die haben hier 'ne Hausnummer.
Die sind so groß, da ist Dino ein Kleintier dagegen!
Ich vermute auch, dass die mich zeitnah irgendwann mal ansprechen!
Ich weiß eigentlich gar nicht, was die bei uns im Haus wollen ... Geld, Schmuck? Keine Ahnung! Aus diesem Grund kommen die Ameisenkinder erst mal in Untersuchungshaft, dann wird ein großer Teilbereich des Bades sozusagen vermint.
Um ihnen zu demonstrieren, wer die Herrin im Haus ist, stell ich die Dose Ameisenspray mitten vor den vermutlichen Ameiseneingang.
Die kommen raus, sehn die Dose, lesen, was draufsteht, kriegen Angst und: drehn um. Gaaaanz einfach.
Ich, ne?! Fragt mich.

Das Wörtchen zum Dienstag.

An einem Dienstag.

Wunderbar. Und dann hab ich noch Klaus Kinski zitiert.

Ein Super-Arschloch vor dem Herrn, aber ... der Spruch ist gut.

Man möge mir verzeihen! Und wie isset?

Den gestrigen Montag hake ich unter dem Thema „speziell“ erst mal ab. Da kommt noch was!

Aber das gehört wohl dazu.

Es kann ja nicht jeden Tag der langhaarige Krabbenfischer gaaanz nah vor mir stehn und seinen betörenden Duft verbreiten, während er sich noch leicht angefeuchtet von der letzten Dusche unter eiskaltem Wasser das gaaanz kleine Gästehandtuch um seine muskulösen Hüften bindet ... nur gehalten von dem Clip, der gerade noch die Toastpackung luftdicht verschlossen hat.

Darauf in schwarzen Lettern klein gedruckt: „Haltbar bis zum 6. Juli 22.“

Oh, jetzt aber schnell vernaschen ... den Toast meine ich ... äh ... räusper ... der wird ja so schnell schimmelig ... der Toast. Puh, mir wird warm.

„Du hast vergessen, den Toast aufs Band zu legen“, ruft die Kassiererin ziemlich laut und mit einer Stimme, deren Bänder gerade noch von einer Wolke Zigarettenrauch ummantelt worden sind. Das Leben kann so hart sein!

Während sie mit ihrer Hand den Toast fest umkrallt – zum Glück ist er eingepackt, aber die Dellen werden auch beim Toasten nicht mehr verschwinden – muss ich zwangsläufig auf ihre Fingernägel starren.
Also, ich hab ja auch so künstliche Fingernägel ... immer relativ kurz, Farbe schwarz. Fertig. Passt immer.
Die Nägel der verrauchten Stimme waren Waffen.
Lang, spitz und jeder einzelne kunstvoll aufgehübscht. Rechts Sonnenuntergang, links Vollmond mit Gold, Silber, Glitzer und unzähligen Glitzersteinen.
Da war bestimmt noch LED-Beleuchtung und Musik installiert. Halleluja! Dafür muss man vermutlich im Nagelstudio übernachten. Nun ... so hat jeder seins.
„Karte oder bar?“, fragt sie recht laut und ich schaue sie an. Gut ... aufgrund der Nägel war für den Rest vermutlich kein Geld mehr da, aber Haare kämmen kost ja nix ... oder? Aber ... es geht mich ja nix an ... nicht im Geringsten geht mich das was an! NUR ... wer mich aus meinen wunderschönen Tagträumen holt, is' selber schuld ...

„Happy Hanftag“, meine bezaubernden Follower.
Ich hab mal wieder Licht ausgemacht.
Wir müssen sparen! Ich war ja schon immer so ein „Spar-Brötchen“.
Und wenn ich da jetzt noch einen drauflegen soll, könnte es schwierig werden.
Ich vermute, wenn die Tage wieder kürzer werden – hat ja schon angefangen – lauf ich nur noch mit so'ner Kopflampen-Beleuchtung im Haus rum.
Wie so'n Kumpel im Bergwerk.
Und während ich in der oberen Etage verzweifelt versuche, mir die Wimpern bei Taschenlampenbeleuchtung zu tuschen, hat unser Pubärtier unten im Kellergeschoss das OP-Licht an und gefühlte 300 Elektrogeräte an der Ladestation.
Wann wollte er nochmal heiraten? Ich bezahle auch die Getränke!
Aber es dauert leider noch ... so Gott will „besucht“ er nach den Sommerferien die 13. Klasse, um dann – so Gott noch mehr will – das Ganze im nächsten Jahr in einem phänomenalen Abitur zum Höhepunkt zu bringen.
So mein Wunschgedanke.

Es könnte allerdings auch sein, dass er und seine Flitzpiepen-Kumpels eine Art „Gnadenabitur“ bekommen, weil auch die gesamte Lehrerschaft drei Kreuze macht, wenn dieser Jahrgang der Schule den Rücken kehrt.
Er und seine Kumpels tragen T-Shirts mit dem Spruch: „Bitte nicht schubsen, ich hab Joghurt im Rucksack!“
Muss ich mehr sagen?
Moped, Auto, Mädels sind ja zurzeit die gewählten Leistungskurse! Und im Nebenfach Richtung mündliches Abi: „Klugscheißerei“.
Gut, das hat er von mir, aber ich überlege vorher wenigstens noch ca. 3 Sekunden!!!
Unser Pubärtier liefert gnadenlos ab.
Er haut alles raus – gibt sonst Hämorrhoiden.
Eine kleine Überraschung habe ich aber dann im nächsten Jahr noch für ihn: Wenn er sein Abi ’23 in der Tasche hat, feiere ich 40 Jahre Abi.
Mit Abi-Autoaufkleber, Hupkonzert durch den Arsch der Welt und Party bis der Arzt kommt. Mal sehen, wer mehr Spaß hat.
Es sei denn, er trägt ab morgen auch eine Kopflampe, um Strom zu sparen ... dann würde ich sogar meinen Abi-Streich nochmal überdenken ... und der wäre wirklich gut ... richtig, richtig gut ...

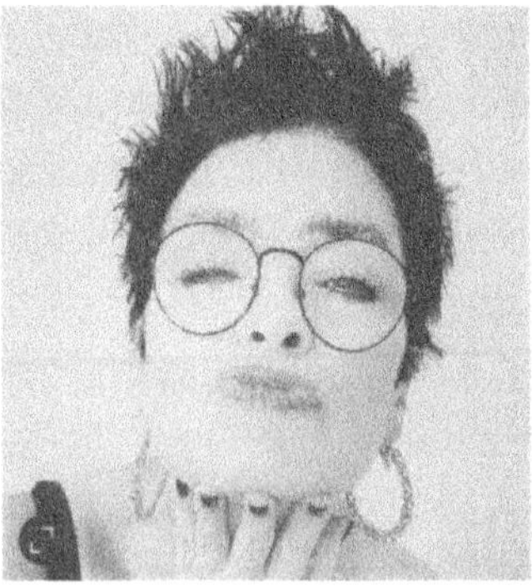

Donnerstag.

Heute könnte nochmal schön ein Feiertag sein, oder?
Also, ich hätte nix dagegen ... aber auf mich hört ja keiner.
Na, wie isset, ihr Flitzpiepen?
Ich habe mich ja gestern Abend wieder für euch in meiner Flohkiste aufgebahrt, um wieder diesem „Tierfilm" zu folgen.
„Gorillas im Nebel", der Bachelorette.
Gestern habe ich dann endlich mal begriffen, dass die das Gehege nicht in Afrika, sondern in Thailand aufgebaut haben!
Gut, die zeigen Elefanten und Affen ... da bin ich persönlich auch aufgrund meiner unglaublichen Orientierungslosigkeit in Afrika! Kann doch kein Mensch wissen, dass das thailändische Affen sind.
Siehste nicht, echt nicht!!!
Und so ganz falsch lieg ich vermutlich trotzdem nicht. In einem Land vor unserer Zeit war es ja so, dass alles ein Land war. Dieses Pangaea.
Und ich verwette eine halbe Nacht mit meinem Krabbenfischer (Nur gucken, nicht anfassen!!!), dass da Afrika nur 'nen Dinosauriersprung von Thailand entfernt war. Tja, dann sind

die halt irgendwann auseinandergedriftet und ganze Mammutherden wurden voneinander getrennt.
Da war Oma-Mammut auf einmal in Thailand, obwohl sie gestern noch bei ihrem Sohn in Afrika zu Besuch war.
Versteht ihr das?
Ich weiß, es ist kompliziert und heute auch nicht mehr von so großer Bedeutung, aber ... vielleicht braucht man dieses Wissen irgendwann mal wieder!

Oh, ich schweife ab ... also diese Bachelorette nimmt jeden Tag ein Versuchstier mit zum Einzeldate.
Mit dem gestern war sie dann in einem riesigen Bällebad.
So konnte man nicht sehen, dass Ken 3.0 mit einer Fußfessel ausgestattet war und von unten belüftet und mit Eiswürfeln abgekühlt wurde. Also keine Gefahr für die Bachelorette.
Und was hatten die beiden sich alles zu erzählen! Hochinteressant.
Jetzt aber mal Schluss mit Labern. Ich möchte doch den ersten Kuss mitbekommen ... denn wenn der dann den anderen erzählt, dass er schon rumgeknutscht hat, geht's ja erst richtig los!!!
Tja ... Ich seh noch, dass Ken sich gaanz langsam nach vorne beugt ... da klingelt mein Wecker!
Mist ... hat doch zu lange gedauert. Mir wird ja schnell langweilig.
Immer dieses lange Vorspiel ... nix für mich! Im Alter musste gucken, dass du flott bist ... Jetzt gilt's.

Samstag.

Sach mal ... warum rasen die Wochentage so?
Mein Hamsterrad verzeichnet schon Anzeichen von Materialermüdung. Ob das bei der nächsten Inspektion nochmal durch'n TÜV kommt, weiß kein Mensch!
Und wie isset?
Während Meister Proper gerade meine Körperfettwaage vom Staub befreit, habe ich es mir in der Küche gemütlich gemacht.
Herrlich. Ich koch ja nicht gerne, aber die Küche mag ich trotzdem ... wenn ich an unserer Kücheninsel sitze!
Jaaaa, hier ist auch Inselurlaub angesagt! Und weil Herr Arenz und ich ja weiterdenken, ist die Steinplatte auf der Holz-Inselkonstruktion so groß, dass man später mal 'ne Einzelgrabanlage draus machen kann.
Genau der hiesigen Friedhofsordnung entsprechend.
Name drauf. Fertig. Klasse, oder? So wird alles verarbeitet!
Ach, ja Küche ... was hier am Arsch der Welt stets gut funktioniert, ist die Gerüchteküche.
Immer frisch. Und da wurde mir doch glatt zugetragen, dass einen Pup entfernt ein Fitnessstudio aufmacht.

Hier bei uns!! Am Waldrand. Also ich glaube jetzt nicht wirklich, dass aufgrund meines derzeitigen Bekanntheitsgrades und nur wegen mir jemand sowas eröffnet. Aber ... es stand schon im „Blättchen".
Gleich neben den Müllabfuhrterminen!
Also doch wegen mir!!
Ich werde da natürlich hingehen und vermutlich mit den Tieren des Waldes meine Bein- und Bäuchleinmuskulatur stärken.
Ich habe das ganz früher schon mal gemacht und viel trockenen Reis in dieser Zeit gefuttert. Nach ein paar Monaten sah ich aus wie ein Sumo-Ringer, fehlte nur noch die Windel. Haare waren auch schon ähnlich.
Bevor das Fernsehn mich für Wettkämpfe entdeckt hätte, hab ich aufgehört damit. Innerhalb weniger Wochen bin ich dann wieder wie so'n Luftballon zusammengeschrumpelt. Halleluja! Heute bin ich natürlich 35 Jahre schlauer.
Ich werde dann dort zum Probetraining aufschlagen und genaue Anweisung zum Trainingsplan geben. Im Laufe der Jahre hat sich ja das Programm von Bauch, Beine, Po noch erweitert.
Hinzu kommen Schlupflider, Hängeohren, Nasolabialfalten, Truthahnhals, Winkeärmchen, leichter Hängebusen, Bauchnabelerschlaffung und ganz unten der beginnende Hallux Valgus. Bei mir is' was los, ne?
Aber mit so 'nem „Personal Krabbenfischertrainer" ... yummie! ... Ich freu mich ...

Montag.

War nicht vor wenigen Minuten erst Freitag?

Und? Wie isset?

Mein Hamsterrad hat seine Arbeit schon aufgenommen. Es leuchtet heute in beruhigendem Grün.

Ich muss „runterkommen“.

Wir haben gestern wieder gegrillt.

Ich denke mal, besser ist, wenn ich nach so einem Grillsonntag direkt 2 Wochen Urlaub habe! Da ich meinen Wocheneinkauf ja schon längst erledigt hatte und grillen nicht eingeplant war, musste ich mit Herrn Arenz in der samstäglichen Mittagshitze nochmal los. Jetzt geh mal mit ’nem Mann einkaufen, der Hunger hat!!!

Nachdem er in der Metzgerei Fleisch für ’ne Party mit mindestens 100 Gästen geordert hat, geht’s zur Eisabteilung.

5-Litergebinde für 3 Personen mit Eierlikör und Eiswaffeln.

Brot, Gemüse? Braucht kein Mensch!

Jetzt aber flott.

Wir dürfen die Kühlkette nicht unterbrechen!

Zu Hause versuche ich dann in einem Akt der Verstaukunst das Eis in die Tiefkühltruhe zu stopfen!

Die alten Fritten mit Gefrierbrand raus und Eis rein.

Geschafft! So. Jetzt auf die Couch, draußen ist es zu heiß, und auf Sonntag warten. Das geht schnell.

Zur Vorsicht essen wir über den Tag ganz wenig, weil es ja dann am späten Nachmittag ordentlich zur Sache geht.

Von Hunger geschwächt, ist es dann um 17 Uhr endlich so weit.

Der Grill ist in Sekunden auf Betriebstemperatur.

Am schön gedeckten Tisch haben sich meine Männer schon platziert!

Ich trage die „Grill-Schlachtplatte“ mit lautem Gesang nach draußen.
„Du bist einfach ein fleischgewordener Männertraum!“, ruft Herr Arenz mit voller Inbrunst.
Recht hat er. Mit so 20 Steaks vorm Bauch, lass ich keine Wünsche offen!
„Ohhh, Vatter“, mokiert sich das Pubärtier, unendlich genervt, „muss das sein, dass du solche Sachen sagst, wie ekelig! Es gibt Dinge, die will ich nicht wissen!“

Dazu muss man wissen, dass unser Sohn es schon als einen Akt der sexuellen Belästigung empfindet, wenn ich die Socken ausziehe!
Egal! Innerhalb von Minuten sind alle Steaks und Würstchen fertig zum Verzehr. Yummie.
Es ist 17 Uhr 15.
Alles weg. Ich krieg noch nicht mal mit, wenn die Solar-Lampignons gegen 22 Uhr angehen. Und das soll toll aussehen!!
Ich lieg dann nämlich schon mit dem Bauch nach oben in meiner Flohkiste! Ohhh, rülps ... bin ich satt!

Mein Wörtchen zum Dienstag.

Na, schon drauf gewartet? Kommt, gebt's zu.
Ich bin mittlerweile doch sowas wie Konfuzia für ganz Arme!
Meine Weisheiten verändern nachweislich das eh schon recht katastrophale Leben einiger meiner Follower!
Nun denn ... die heutige Klugscheißerei muss ich auf Herr Arenz bezogen etwas abändern. Bei ihm sammeln sich die Flausen nicht im Kopf, sondern in seinem Bauchnabel.
Ich weiß wirklich nicht, wie die da rein kommen. In jedem Fall könnte man am Ende des Jahres – wenn man die übers Jahr einlagert – nen schönen Pullover von stricken.
Und in heutigen Zeiten von Sparmaßnahmen im Winter eine nicht unbedingt schlechte Idee!
Ich werde im nächsten Post eine einfache Strickanleitung anhängen! Das wird klasse, oder? So.
Was gibt's noch? Ach ja ... gestern Abend waren wir noch flott aufm Weinfest in der Nähe.
Die Tochter von Freunden wurde dort als neue Weinkönigin 2023/24 vorgestellt. Hach, wat schön!
Das ist hier bei uns vergleichbar mit den Festlichkeiten zum Thronjubiläum der Queen jetzt letztens!
Dudelsackspieler der Nachbargemeinde, Tanzgruppe und „haste nicht gesehen"!

Ich bin nur froh, dass unser Sohn keine Weinkönigin werden will! Da biste echt beschäftigt.
Aber was tut man nicht alles für sein Kind!
Apropos Kind.
Unser Pubärtier war auch da mit seinen Kumpels.
Eigentlich wollte er mit uns fahren. Als er festgestellt hat, dass es im Sommer um gegen 19 Uhr noch hell ist, hat er nochmal angerufen: „Du, Mutter ... Ich fahr doch nicht mit euch. Ich will in keinem Fall mit euch zusammen gesehen werden!"
„Ja, das kommt mir entgegen, mein Schatz", hab ich geantwortet, „dein Vater und ich wollten sowieso ‚oben ohne' auf der Festlichkeit erscheinen, da würdest du uns nur die Show stehlen mit deinem dicken Kapuzenshirt!"
„Oh, Mutter, du bist so peinlich ... aber zurück fahr ich mit euch!", säuselte er ins Telefon.
„Geht nicht", hab ich zurückgesäuselt, „wir wollen doch in keinem Fall mit dir gesehen werden und um 22 Uhr ist es noch hell!"
„Deine Erziehungsmethoden sind sehr fragwürdig, Mutter!", war das Letzte, was ich noch gehört habe, bevor ich den Flugmodus aktiviert habe.
Ich liebe dich, mein Sohn ... und du uns auch ... Ich weiß es genau.

„Happy Hanftag“, meine liebenswerten Follower.
Ich hoffe, es geht euch gut und ihr habt toll geschlafen!! So. Fertig geschleimt.
Wenn ihr das hier lest, lebt ihr ja noch.
Das reicht erst mal.
Was willste in der heutigen Zeit mehr?
Nun schön zurücklehnen, Kaffee, eingelegte Heringe und ein Leberwurstbrot mit Gürkchen parat?
Jetzt noch mein Krabbenfischer ... yummie. Oh, gestern hab ich doch glatt alle Gästehandtücher in die Wäsche getan. Das tut mir jetzt aber leid ... Jetzt hat er nix zum Abtrocknen ... das noch warme Duschwasser rinnt gerade an seinem Ankerherztattoo vorbei am ersten horizontalen Knöchelchen seines unglaublichen Sixpacks ... er kommt näher ... mir wird warm ... Was er wohl will??? Puhhhh ... Und das in meinem Alter ... Mist.
Er nimmt mir doch tatsächlich das Gürkchen vom Leberwurstbrot!!!!
Männer ... wollen nur das Eine!!
Apropos eingelegte Heringe.

Heute Nacht habe ich geträumt, dass ich in einem Schwimmbad in einer recht trüben Brühe so rumschwimmen tu.
Sehr außergewöhnlich, da ich nicht gerne schwimme.
Das kann hier kaum einer verstehen.
Wir leben ja an einem Fluss und in einer Gegend mit so Maaren.
Aber mir reicht es, wenn ich draufgucke. So ein Maar steht, liegt oder hängt ja immer mit einem Vulkan zusammen.
Wie gefährlich, oder?
Nicht nur, dass man sich hier erzählt, dass der Vulkan schon beim Schwimmvorgang wieder ausbrechen kann, nein ... da sollen auch noch so Moorleichen und alte Panzer drinliegen.
Halleluja!
Und kaum stehste mit den Füßen im Schlamm am Rand, kommt schon so'n Algenzeug angeschwommen, welches einen vermutlich in die Tiefe zu diesem Panzer ziehn will! Nicht mit mir. Dann doch lieber so ein blau gestrichenes Becken, was nach Chlor riecht.
Aber da hab ich gelesen, dass Chlor nur riecht, wenn es in Kontakt mit Pippi kommt.
Nicht Pippi Langstrumpf ... das andere Pippi!! Puh.
Ich habe zwar das silberne „Silberfischchenabzeichen", aber man kann ja auch am Beckenrand ein bisschen posen, oder?
Komischer Traum.

Donnerstag.

Na, wie isset?

Ich habe heute in meiner unglaublichen Selbstherrlichkeit keine Kosten und Mühen gescheut, euch einen der größten Filmklassiker im hochaufgelösten, gefilterten Bild darzustellen: Hier die Szene: „Ich habe eine Wassermelone getragen!" Erkannt?

Morgen kommt dann die Szene mit dem Mambo in dieser verdulkten Holzbarracke und dann Samstag: die Bettszene mit dem Jonny. Bett hab ich, „Jonny" fehlt noch.

Hach ja ... Ihr vermutet richtig ... gestern war wieder die Bachelorette meine Abendunterhaltung.

Vorher war Familie Arenz noch flott gesammelt in der Blutspenderei.

Was soll ich sagen ... Herr Arenz und ich durften nicht!

Der vor kurzem gehabte Coronavirus machte uns doch glatt einen Strich durch die Rechnung!

Da stehste da mit deinem Blut und weißt nicht, wohin damit!

Unser Pubärtier hat dann die Familienehre aufrechterhalten!

Er war nur etwas beunruhigt, als der zuständige Doc dem Sanitäter scherzhaft zurief: „Nimm von dem jungen Mann mal die dreifache Menge, die Eltern haben versagt!"
Für einen Erstspender nicht unbedingt ein lustiger Spaß, aber da muss er durch.

Ich bin dann mit meinem überschüssigen Blut direkt recht desillusioniert in meine Flohkiste. Jetzt aber flott die Flimmerkiste an.
Im Außengehege der Bachelorette waren schon die ersten Revierkämpfe zugange. Gut.
Nix verpasst. Bis dato habe ich ja gedacht, diese Frau hätte ordentlich Eier im Sack, aber was soll ich sagen? Während man im Hintergrund heftiges nervöses Dribbeln der Drei-beiner vernehmen kann, sitzt die da und jammert.
„Es sind zu viele Männer!"
Tja, was soll ich sagen?
Hat die gestern erst angefangen zu zählen? 20 Stück.
Also ich hätte bei der ersten „Putzchallenge" schonmal die ersten 10 aussortiert.
Fertig.
Im Gehege selbst miepen die Kerle da im Bällebad so rum. Sach mal! Die nehmen doch die falschen Medikamente.
Also gestern eher so'ne Heul- und Jammerfolge. Für mein überschüssiges Blut nicht schlecht, da konnte nix in Wallung kommen! In der Hoffnung auf einen gutaussehenden, nach unglaublicher Sünde riechenden Vampir, nur mit einem Gästehandtuch bekleidet, der mir in der dritten Remphase so ca. 526 Gramm Blut absaugt und vielleicht noch ein bisschen Eigenfett.
Yummie!.

Montag.

Mein Hamsterrad hat neue Felgen und neue Duftbäumchen in den Kabinen.

Geschmacksrichtung Pina Colada.

Und, wie isset? Wie war euer Wochenende? Ich hoffe, so schön wie meines.

Herr Arenz und ich waren auf einem 60. Geburtstag.

Jaaa, die fangen jetzt an im näheren Bekanntenkreis!

Sehr schön war's! Ich hab mich aufgebrezelt als gäb's kein Morgen mehr!

„Ach“, hat die Gastgeberin zu mir gesagt, „ich wollte noch in die Einladung schreiben, dass es keinen Kleidungszwang gibt. Jeder kann ganz normal kommen!“

„ICH bin ganz normal angezogen! Du kennst mich doch!“

„Haste auch wieder recht“, hat sie geantwortet, „komm, wir schlürfen 'nen Sekt!“ Yummie.

Dieses wirklich schöne Wochenende fand dann seinen Höhepunkt Sonntagabend in meiner Flohkiste.

Alleine natürlich. (Der Krabbenfischer wollte mal 'nen freien Abend!)

Mit 'nem Entspannungstee, dem Lattenrost im Beinbereich auf Blutrückfluss, das Kopfteil auf Fernseh-Modus. Herrlich.

„Pretty Woman 20.0.“

Ein Klassiker! Prostituierte trifft Millionär.

Ich kann mich erinnern, dass ich damals, wie viele andere vermutlich auch, den Wunsch hatte, Prostituierte zu werden.

Wieso wollte ich eigentlich nicht Millionärin werden???

Keine Ahnung! Wenn ich heute an heißen Sommertagen so auf meine leicht angeschwollen Füße in viel zu eng gewordenen Schuhen gucke, denke ich allerdings doch des

Öfteren: „Wärste das nur mal geworden, dann hättest du heute keine dicken Füße!“
Man liegt ja mehr so rum ... also damals.

Gut. Ich bin dann Restauratorin geworden.
Man hat da keine Nachtschichten und ich kann ja auch nur morgens!!
Augen auf bei der Berufswahl! In jedem Fall konnte ich beruhigt einschlafen.
Ich weiß ja, wer am Ende gewonnen hat! Der Millionär klettert, aufgrund von Höhenangst mit viel Schiss in der Buxxe, über die Feuerleiter, ’n Bund Rosen von der Tanke im Mund, zu der Prostituierten.
Sie hatte sich das ja sooo gewünscht! Tja, Knutscha, Klappe, Musik, fertig.
Welche Probleme diese beiden unterschiedlichen Berufsgruppen schon zwei Tage später hatten ... davon redet kein Mensch. Is’ der durch die Tür wieder raus, hat sie die Blumen ins Wasser gestellt? Fragen über Fragen!

Das Wörtchen zum Dienstag.

Heute doch noch mal von Herrn Kinski.
Ganz nach meinem Gusto!
Das war's aber dann auch schon.
Die restlichen Sachen, die er rausgelassen hat, waren ja nur Schwachsinn und der noch gebrüllt.
Nun denn ... Und wie isset?
Nach meiner unglaublichen, aufregenden Zusammenfassung des Filmklassikers „Pretty Woman" wurden unterschwellig doch Fragen nach einer Fortsetzung laut.
Jede klar denkende Frau, die schon mindestens 4-mal verheiratet war, weiß, dass das Ende von so 'nem Film oft das Ende vom Anfang ist! In diesem speziellen Fall gibt's mindestens 2 Optionen:

Also ... erstens:
Diese zwei recht attraktiven Menschen stehen auf der Feuerleiter gaanz oben und knutschen.

Entweder sie sagt: „Komm, wir gehn mal rein, es zieht hier so." Oder er: „Ich muss mal auf die Toilette, ich hab Angst hier auf der Leiter und ich nehme Wassertabletten."
Beide klettern etwas umständlich durch das Fenster in die 19-qm-Bude.
Vorher bleibt er allerdings noch mit seinem Schirm wo hängen und seine Geldbörse mit der Millionärs-Gold-Kreditkarte fällt ihm aus der vorderen Hosentasche.
(Jaa, Beulen können auch von sowas kommen!)
Dem Chauffeur, der ja unten immer noch wartet, genau in seine Uniformjacke.
Der freut sich toootal und fährt mit der Stretchlimo direkt in den Sonnenuntergang von Hollywood.
Das merken die 2 verknallten Spezies oben allerdings erst 2 Wochen später, als sie sich 'ne Perlenkette über Lieferando bestellen will.
„Oh, Schatz", sagt er, „das ist nicht schlimm. Du bleibst jetzt schön zu Hause, bügelst die tolle Krawatte, die du mir von meiner Kohle geschenkt hast, und ich geh anschaffen. Kann ja nicht so schwer sein!"
Sprach's und geht sich erst mal 5 Jahre Zigaretten holen.
Sie merkt eigentlich gar nix davon, weil sie auch noch ihre alten Overknees nachpolieren tut.
Leise und verträumt summt sie das neuste Lied von „Sportfreunde Stiller".
Die untergehende Sonne ergießt sich mit den letzten wärmenden Strahlen über ihr langes, doch schon grauer werdendes Haar.
Musik, Klappe, fertig!!! Ohhh, wie romantisch, oder?
Die zweite Option??
Morgen. Versprochen. Es bleibt spannend ...

Mittwoch.

„Happy Hanftag“, meine Lieben.
Schon wieder. Die Woche wird ziemlich oft geteilt zurzeit, ne? Aber egal!
Einige unglaublich Gewitzte in meiner schier explodierenden Followerzahl fragt mich in doch recht regelmäßigem Rhythmus, woher ich denn diese tollen, allerdings doch ziemlich bekloppten Gedanken herhole!
Es sollte auf ewig mein Geheimnis bleiben, welches ich auch in meine gemütliche Eierkarton-Urne aus recyclebarem Polyethylen mitschleppen wollte ... aber gut.
Ich werde es euch erzählen ... damit es auch noch in 4 bis 500 Jahren heftiges Kopfschütteln hervorrufen kann.
Ich setze morgens, kurz bevor ich Lippenstift auftrage, diesen auf dem beigelegten Foto deutlich sichtbaren, „Einhorn-Pilcher-Gedanken-Helm“ auf.
Der ist innen mit batteriebetriebenen Synapsen an Teilbereiche meines doch recht großen Gehirnes angeschlossen. Eigentlich ziemlich simpel, aber sehr effektiv!!
Und das ist es eigentlich schon.

Dann greife ich zu Federkiel und grüner Tinte.
Los geht's ... Z. B. mit der zweiten Option der Fortsetzung von „Pretty Woman".
Ihr seid doch bestimmt schon ganz aufgeregt.
Also, die 2 Spezies klettern nicht die Leiter hoch, sondern wieder runter.
Da steht ja immer noch der Chauffeur vom Hotel.
Da bei dem Auto die Türen aus Sicherheitsgründen zugeschweißt wurden, geht's durch das Schiebedach ins Auto.
Dort geht Richard erst mal auf die innenliegende Campingtoilette. Die Wassertabletten nimmt er nämlich auch in der zweiten Film-Option!
Dann geht's ab mit dem FlixBus und dem 9 €- Ticket nach New York.
Da hat er nämlich 'nen gut bezahlten Bürojob.
Sie hat erst mal nix – außer lange Haare.
Während er die Kohle verdient, vertreibt sie sich in der 548 qm großen Penthouse-Wohnung die Zeit mit Origami und Schnecken treiben. Als dann auch alle Mandalas endlich fertig gemalt sind, wird ihr natürlich langweilig.
Was tun? In den alten Job zurück? Kinder?
Schwierig. Sie ärgert sich nämlich auch noch unglaublich darüber, dass sie jetzt keine Kohle mehr dafür bekommt ... dafür ... Ihr wisst schon.
Sie wacht jeden Morgen auf und der Nachttisch ist leer ... bis auf die üblichen Medikamente ... und Hämorrhoiden-salbe.
Puh ... Es kommt, wie es kommen muss.
Scheidung.

Klappe. Schnitt. Fertig.

Donnerstag.

Mir is' warm. Schon jetzt, grade um kurz nach 5.

Nein, nicht weil der Krabbenfischer gaaaanz nah hinter mir steht (ob er das ganz kleine Gästehandtuch angezogen hat?) und mir mein aufstehendes, leicht gekräuseltes Nackenhaar mit 'nem rosa Damen-Einwegrasierer und 'ner ziemlich scharfen Klinge mal flott abrasieren tut. Nee.

Es ist Sommer draußen und hier im Haus auch und dann ist auch noch 'ne große Hitzewelle an meinem Lippenstift und der Creme! Puh.

Ich könnte mir ja so einen kleinen Kühlschrank fürs Bad kaufen, aber der braucht Strom, ich bin ja geizig!!

Das Hauptargument dagegen wäre, dass ich da hundertpro innerhalb weniger Tage alkoholische Getränke jedweder Art einlagern würde!

Ups, kein Platz mehr für Wimperntusche und Co.

Das sind Probleme. Halleluja!

Und es kommt noch schlimmer. Haltet euch mal grade an der Unterbuxxe eures Bettnachbarn fest.

Gestern so gegen 17 Uhr hat mein Facebook-Account entschlossen, sich von mir zu trennen!

Ich komme da nicht mehr rein.

Und wenn ich irgendwo nicht mehr reinkomme, auch in eine Disco, weil die Türsteher da an der Tür denken, ich wäre erst 14 Jahre, dann werd ich ziemlich säuerlich.

Mit unglaublichem Fachwissen habe ich dann, während der Zubereitung von gefühlten 34 Frikadellen mit ohne Beilage, 57 × mein Passwort geändert, 74 × den Account gelöscht und 89 × ein neues Konto eröffnet.

Sogar mein Schwagerherz versuchte aus der Entfernung, die Panikattacken seiner allerliebsten Schwägerin auf ein Minimum zu reduzieren. Fehlanzeige.

Jetzt gibt es auf Facebook so ca. 64 × Petra Arenz, die alle irgendwelche Geschichten „pilchern" könnten.
Nur die echte Rosamunde Arenz is' immer noch nicht „drin".
Jetzt muss wohl ein Fachmann ran! Der Alex.
Ich habe ihm schon um 4 Uhr heute Morgen einen zarten Hilfeschrei auf den AB gebrüllt. Er kennt mich.
Sogar so gut, dass er einfach erst in ein paar Stunden anrufen wird.
Ich hätte natürlich gerne gehabt, wenn er sofort um 4 Uhr 15 vor meiner Tür gestanden hätte, mit Facebook-Defibrillator und Insta-Infusion. Jetzt muss ich mich erst mal beruhigen, aber ich habe einen Ruf zu verlieren!

Freitag.

Sach mal. Ich weiß eigentlich gar nicht, warum ich mir abends in einer unglaublichen Abschminkaktion meine barock angehauchte Gesichtsbemalung abnehme!
Lohnt sich eigentlich nicht.
Is ja eh direkt wieder morgens.
Jaaaa, ich weiß. Sonst gibt's Falten, Pickel und Rosazea ...
Haben sich eigentlich die Indianer damals im wilden Westen

ihre Kriegsbemalung jeden Abend mit Mizellengesichts-wasser entfernt?
Wäre ja interessant zu wissen.

Hier is' ja auch mittlerweile ziemlich wilder Westen, da könnte man wunderbare Fallstudien machen!
Aber egal ... Ich tu mir die Farbe abmachen tun.
Jeden Abend in mehreren Arbeitsschritten, die ihren krönenden Abschluss in der Benutzung eines Rosenquarzsteines findet.
Man streicht da gegen die Gravitation minutenlang im Gesicht rum.
Angefangen bei den Hamsterbacken über die Nasolabialfalten, rauf zu den Krähenfüßen, um den Vorgang über die Zornesfalten an den Lippen-Plisseefältchen ausstreichen zu lassen.
Jaaa, da biste länger unterwegs! Also ich.
Den Truthahn-Hals nicht zu vergessen.
Herr Arenz benutzt auch Rosenquarz.
Er macht Grabsteine davon, allerdings ohne sich die zentnerschweren Steine vorher durchs Gesicht zu ziehen.
War das jetzt geschmacklos? Ja? Okay.

Alles richtig gemacht! Ich trage nämlich heute auch meinen „Flamingo-Pilcher-Geschichtenhelm", natürlich ebenfalls mit meinem dicken Gehirn „synapziert".
Dieses Kunstwerk trage ich, wenn meine Geschichten einen Hauch dieser subtilen Erotik beinhalten, die ich so liebe.
Was futtern Flamingos, damit sie für Fotos so schön rosa werden? Genau, Krabben!
Und wer steht gerade frisch geduscht, unglaublich gut riechend, das gaanz kleine Gästehandtuch um die noch

feuchten Hüften, gerade so mit 'ner rosa Wäscheklammer zum Halten gebracht, vor mir? Genau.
Mein französischer Krabbenfischer. Ich habe entschieden, dass er aus Südfrankreich kommt.
Dann braucht er erst gar nicht zu labern.
Bin eh Lateiner.
Außer, wenn er uns ins Öhrchen flüstert ... nicht die Backanleitung vom Käsekuchen ... das andere Flüstern ... Mädels ... ihr wisst schon ... das, wo einem so warm wird ums Herz und überall ..., wenn Reste von seinem Duschwasser über dein Schlüsselbein zum ... Klappe. Fertig. Hmmm ... yummie.

Samstag.

Tolle Wurst. Meister Proper hat Schiss vor Spinnen! Was für ein Weichei.
Das Problem: Ich auch. Also nicht richtig Schiss ... Ich finde vieles, was nicht oder nur sehr karg spricht, usselig.
Da krieg ich Herpes.
Auch bei manchen „Zweibeinern!“
Nur, jetzt stellt er sich an, der Herr Proper.

Um diese Jahreszeit kommen ja nur diese „Hochbeiner-Spinnen“ ins Haus.
Auf dialektisch: „Hubäääääna“.
Die sind ja sehr schlank und erscheinen schon leicht bulemisch.
Die Spinnen im Winter klingeln bei uns, weil die Fenster zu klein sind zum Reinklettern. Richtig dicke „Oschis“.
Ich muss allerdings feststellen, die meisten Tiere hier im Haus, außer Dino, kommen vermutlich nur zum Sterben hierhin.

Jeden Morgen hab ich im unteren Bereich des Wohnzimmerfensters über eine längere Strecke eine Art Insekten-Soldatenfriedhof.
Alle verstorben. Ein, zwei Fliegen mach ich dann mit der Mückenklatsche noch den Garaus, damit sie nicht leiden müssen.
Ich vermute, das waren Beerdigungsgäste. Wenn ich Pech hab, hat sich noch ein Vogel von außen die Birne an der Scheibe gebummt und liegt leicht benommen auf dem Terrassenboden.
Ich hab denen schon ein paar Mal gesagt, dass hier keine Durchflugschneise ist, aber Vögel halt.
Nur eins im Kopf!

Alle insektlichen Überreste kommen dann in den Staubsauger. Da ruhen sie sanft gebettet in Dinos Haaren.
Ich sing dabei noch was Trauriges, schwarz gekleidet bin ich ja eh oft.
Tja, so bin ich halt. Mittwoch hatte sich an der Wohnzimmerdecke so'n Flip häuslich eingerichtet.
Eine Heuschrecke, so groß wie ein Kleinwagen.
Grün, blaue Augen, Zylinder. Die ist vermutlich noch von damals, da vor Christus, bei der Geschichte mit dem Moses, Heuschreckenplage etc., übriggeblieben.

Tja, jetzt war unser Pubärtier leider schon vorher am Kühlschrank. Nix mehr drinne.
Bevor die Heuschreckenmutation sich entschlossen hat, aus Protest auch hier bei uns im Haus zu sterben, hat Herr Arenz, mein persönlicher Kammerjäger, sie nach draußen befördert.

Jetzt fehlt vorm Haus der Kastanienbaum! Tja, die hatte Kohldampf.
So. Genug gelabert. Jetzt bring ich Meister Proper erst mal 'n Taschentuch zum Reinschnäuzen ... der Angsthase!

Montag.

Da bin ich schon wieder.

Wie so'n niedlicher Alptraum, ne?

Aber keine Sorge ... wenn ihr aufwacht, bin ich immer noch da! Also gewöhnt euch bitte dran!
Mein Hamsterrad läuft natürlich schon, aber heute nicht so schnell und nur eine Solarbirne leuchtet.
Wir müssen sparen! Ich persönlich habe mich heute schick gemacht und präsentiere euch eines meiner natürlichsten, ungestelltesten Fotos! Eine prachtvolle Federboa, die echt für alles herhalten muss, über meinen doch recht großen Kopf und gaanz normal gelächelt.
Tja, mich kannste brauchen. Ich wäre ein Top-Model für Naturseife und Birkenstocks. So, genug beweihräuchert.
Wie war euer Wochenende? Meins war echt klasse.

Warm, aber klasse.
Wir waren auf dem „Weinlagenfest“ in meiner Heimatstadt.
Eine Veranstaltung mitten in den Weinbergen. Toll!
Allerdings nicht unten in den Weinbergen, ne!
Mittendrin, fast schon ganz oben!
Von Weitem konnte man schon fröhliches Getümmel und Spaß ausmachen.
Aber wie kommen wir dahin? Mit 'nem Hubschrauber ging nicht, der konnte nirgends parken. Auto: Fehlanzeige.

Der Zugang war ein ca. 50 cm breiter, felsiger Almaufstieg!
Also sowas Steiles bin ich noch nie gegangen und so lang.
Halleluja! Da hätte ich auch aufs Matterhorn gehn können!
Da gibt's nur keinen Wein.
Endlich angekommen, war ich erst mal zwei Stunden außer Atem. Und dann keinen Sauerstoff dabei!
Und keine Fahne, um den höchsten Punkt zu markieren! So muss sich der Messner immer gefühlt haben.
Boah, mein erster 5000-er! Ich bin schon klasse.

Dieses Fest gibt's wohl auch schon seit 2009! Das hab ich natürlich verpeilt und gratulierte einem Winzerkumpel zu dieser tollen Idee und zum Erfolg bei der erstmaligen Ausführung. Gut, man kennt mich hier.
Da wundert sich keiner mehr! Jetzt erst mal lecker Weinchen, um dann Stunden später mit lautem Glockengeläut den Alm-Abtrieb anzugehn. Ich kann ja echt fast nix gaaaanz leise ...

Das Wörtchen zum Dienstag.

Am Dienstag.

Na, ihr liebenswerten Knallpilze ... wie isset? Warm, ne? Selbst mein Krabbenfischer hat heute das große Badetuch um.

Zu heiß für alles!

Schade ...

Man sollte ja zwischendurch mal so in sich gehen und das klappt bei diesen Temperaturen ja ziemlich gut! Ich bin so aufgeweicht, da komm ich überall bei mir ran!

An Stellen, wo die Speckröllchen so übereinanderliegen, bilden sich nämlich Feuchtbiotope.

Wenn du die abends nicht trockenlegst, fängste an zu schimmeln!

Und zu riechen ... Ziege, sag ich nur!

Tja, das passiert einem allerdings nicht nur als olle Schabracke!

Das war früher auch schon. Ich konnte nur den Geruch nicht zuordnen. Jetzt weiß ich es! Wir haben einen tollen Tierpark in der Nähe. Da kommt „mein Geruch“ direkt am Anfang schon angelaufen und reißt einem die gerade erst gekaufte

Tüte Mais aus der Hand, um diese mitsamt der Packung zu verschlingen.
Und ich knabber doch auch so gerne an diesen steinharten Maiskörnern, immer in der Hoffnung, dass sich in meiner gewärmten Mundhöhle etwas Popcorn bildet. Cola dabei – toller Nachmittag.
Dann noch den dicken Hintern in so'ne Kinderschaukel gequetscht und ein paar Runden gedreht ... Herrlich!

Ich schweife ab ... komisch, passiert mir doch sonst nie!
Ach, ja ... olle Schabracke.
Tja, is' nun mal so! Mit Wimperntusche und Lippenstift bin ich jedenfalls 'ne olle Schabracke mit Wimperntusche und Lippenstift! Und wenn ich im Supermarkt alkoholische Getränke erwerben will, was natürlich nur sehr selten vorkommt, frag ich an der Kasse freundlich, ob die mich nach meinem Alter fragen könnten.
„Bist du denn schon 18?“, fragt mich dann die Kassiererin schmunzelnd, weil sie mich natürlich kennt.
„Gestern geworden“, antworte ich ganz stolz und gaaanz laut. Dann grinsen wir beide. Sie ist nämlich selbst 'ne olle Schabracke und kennt die damit in Verbindung stehende Problematik. Hach, das Leben im Alter kann ganz schön Spaß machen ...

„Happy Hanftag“, meine bezaubernden Follower!

Und? Wie isset denn heute? Schon überlegt?
Ich sitze hier vor meiner Schiefertafel, die Kreide, die ich dem bösen Wolf abgeluchst habe, schirrbst fröhlich qietschend über uraltes Material aus 'nem Hunsrück Schieferbruch, und mir ist warm.
Hier in der Küche ist es soo warm ... jetzt 'nen Kieferlatschen-Sauna-Aufguss, den Krabbenfischer, der die Wäscheklammer vom gaaanz kleinen Gästehandtuch gaanz langsam entfernt, um das volle Aroma des urig deutschen Geruchs mit zügigen, rhythmischen Armbewegungen im Raum zu verteilen.
Huch, er kommt näher: „Noch mal?“, flüstert er mir in mein aufgeweichtes Ohr.
Oh, klasse!
Der alte Charmeur ...
„Neee, lass ma“, höre ich mich zurück flüstern, „bring mir mal lieber 'n alkoholfreies Weizen!“ Klappe, Schnitt Aufwachen!!
Es ist viel zu heiß ... drinnen.

Apropos Alkoholfreies ... Gestern, ja – mitten in der Woche, waren Herr Arenz und ich noch flott aufm 60. Geburtstag.
Es häuft sich mit den älteren Menschen um mich rum, aber ... kannste nix machen!
Beste Freundin geschnappt und nicht nur die 60 gefeiert, sondern auch noch über 40-jährige Freundschaft! Wir hatten uns fest vorgenommen: 19 Uhr hin, halb 10 wieder nach Hause.
Am Arsch die Räuber! Das war die beste Party seit langem ... nicht nur vor Christus, noch weit vor Corona.
Das Geburtstagskind hat nämlich 3 musikalische Söhne, und einer spielt in 'ner Punk-Band! Nix Kassettenrekorder!
Deutsches Liedgut aus der Sturm- und Drangzeit der in die Jahre gekommenen Gäste, unglaublich laut und so perfekt performt! Da hat der Bär gesteppt.
Bei anbrechender Dunkelheit und nach jeder Menge Sprudel haben meine Freundin und ich dann doch noch den „Caipirinha-Eimer“ entdeckt!
Umhüllt von viel Eis, wollte er von uns weggeschlurpt werden.
Die Strohhalme im großen Glas wirbelten die Bio-Limette im Rhythmus der Mukke durcheinander, bis diese trocken aufm Glasboden lagen, um von uns wieder mit Nachschub zu neuem Leben erweckt zu werden! Yummie.
Nie Alkohol bei solchen Temperaturen?
So'n Quatsch. Schmeckt dann auch. Halb 0 Uhr lagen wir endlich in der Flohkiste, die Ohren immer noch leicht taub vom Punk.
Jetzt aber schnell schlafen. In 4 Stunden ist der nächste Sauna-Aufguss ...

Donnerstag.

Schon wieder. Und wie isset? Gut geschlafen?

Ich sitz jetzt grade vorm offenen Fenster und schnappe nach frischer Luft wie so'n super teurer Koi im Wassernotstand.

Am Arsch der Welt hat es nämlich ein bisschen geregnet ...

Tut gut.

Also ich war nach diesem tollen 60. Geburtstag sowas von platt, dass ich gestern Abend nur noch die ersten Minuten von der „Bachelorette“ bewusst mitbekommen hab.

Danach bin ich ins Schlaf-Koma gefallen.

Zugedeckt bis oben hin.

Allerdings mal wirklich ohne Wärmflasche.

Es hätten auch Außentemperaturen von 50 Grad sein können, ich hab fest geschlummert.

Ach, ja die Bachelorette ... 5 bis 6 Kens sind noch übrig und sie hat gesagt, sie will alle!

Gut, dass kann man mal so ein paar Tage machen, aber 5 Kerle im Haus, die nur um einen „rumschwänzeln“ tun.

Boah, wie das nervt, oder? Und die wollen nicht die Spülmaschine ausräumen oder bügeln!! Also ich hab ja auch 3 Kerle inklusive Dino, die immer irgendwas wollen.

Das reicht mir schon für die nächsten 100 Jahre!

Herr Arenz sagt immer: „Du wolltest uns alle 3. Jetzt haste uns!“

Ich kann mich erinnern, dass ich ihm damals noch nachrief: „Aber nur so'ne Woche oder zwei – mehr auf keinen Fall!“ Das hat er nicht mehr gehört, glaub ich!

Und unser Pubärtier hört eh nix.

Der hat immer diese Dinger im Ohr, die aussehen, als hätte der Arzt bei einer komplizierten Ohr-OP das OP-Besteck rechts und links vergessen!

In unserer Jugend hatte man ja diese kleinen Kopfhörer mit so Schaumstoff aufm Ohr.
Die konnte man so laut stellen, wie man wollte ... meine Mutter hab ich immer noch gehört! Und heute?
Unser Riesenbaby ist vollkommen abgedichtet und bekommt von seiner Umwelt – sprich seinen Eltern – nur das Nötigste mit!
Er sieht uns noch ... das war's auch schon.
Und wenn er uns sprechen „sieht", geht er vermutlich davon aus, dass wir nach Luft schnappen!
Zum Spaß stell ich mich oft hinter ihn und warte, bis er sich umdreht ... uih. Er kann sich erschrecken!
Ich muss für dieses Kind schon ziemlich schrecklich aussehen!
„Man, hast du mich erschreckt, Mutter, sag doch was, wenn du hinter mir stehst!"
Hach, ja ... Ich find's lustig. Er nicht. So what?!!!

Freitag.

Mir ist immer noch warm.
Und es ist nicht verursacht von meinem privaten Klimakterium – sondern von der öffentlichen, weltweiten Klimakatastrophe.
Und weil Sommer ist, natürlich. Schöner Mist.
Das mit der Klimakatastrophe. Ach, ja. Apropos Katastrophe ... habe ich euch eigentlich schon erzählt, dass wir ab Montag zwei Wochen Betriebsferien machen?
Nee, noch nicht? Dann jetzt: Wir haben 2 Wochen Betriebsferien!
Wenn man da fertig ist mit Organisieren, brauchste nochmal 3 Wochen Nachschlag! Halleluja!

Und an alle Einbrecher unter meinen zauberhaften Followern: Wir fahren nicht weg! Ich hau euch persönlich auf's Maul, kurz nachdem ihr über unseren Elektrozaun geklettert seid!
So. Wär das mal geklärt. Wir sind auch schon mal weggefahren bzw. geflogen.
War nix.
Ich hab ja Flugangst.
In einem Land vor unserer Zeit und lange vor unserem pubertierenden Miet-Nomaden in der unteren Etage war ich mit Herrn Arenz auf Lanzarote.
Da musste fliegen, kannste nicht hinlaufen.
Gebucht war für mich kein Fensterplatz und möglichst zum Gang hin, damit ich durch die offene Cockpit-Tür sehen kann, ob der Pilot ein Alkoholproblem hat, um im Notfall einzugreifen.
Herr Arenz war total entspannt.
Er hatte ja auch mal 'ne Freundin, die Stewardess war.
Ich war da immer subtiler am Boden unterwegs ... Waldarbeiter, Fliesenleger, Krabbenfischer.
Da war nie ein Pilot dabei. Ach, Moment.
Einer, der so'nen Kampf-Jet geflogen hat.
Ach, war der süß. Aber kannste ja nicht immer so mitfliegen.
Da ist auch nur ein Sitz drin und im Kofferraum jede Menge Munition. Ich da noch mit dabei, wäre eng geworden.
Ich schweife ab ... also, ich saß da so im Mittelgang, stocksteif. Jacke an, Handgepäck aufm Schoß.

„Möchten Sie Ihre Tasche nicht in der dafür vorgesehenen Vorrichtung über Ihnen unterbringen?“, fragte mich eine sehr freundliche Flugbegleiterin. Die hat sofort erkannt, dass bei mir Gefahr in Verzug war!

„Nein“, antwortete ich mit leicht gepresster Stimme, während ich beobachtete, dass der Pilot sich gerade aus einer Thermoskanne dampfenden Wodka einschenkte.
Ich hab’s gewusst: Der trinkt. Kaffee, aber egal.
Er trinkt.
„Ich muss meine Tasche während des Fluges festhalten ...“

Samstag.

Ich bin wat spät.
Meister Proper hat rumgemuckt. Er wollte auch Urlaub.
„Geht nicht“, hab ich gesagt, „du arbeitest weiter! Wenn dir Haare wachsen sollten, können wir drüber reden! Vorher nicht“.
Immer Ärger mit dem Personal!
Herr Arenz is’ schon aus lauter Verzweiflung mit meinem Auto durch die Waschanlage! Wegen mir hätte man noch warten können ... gut, es war mal so nachtblau, glänzend ...
Jetzt dachte ich schon länger morgens: „Mensch, das Auto hat irgendwie die Farbe gewechselt ... es wirkt grünlich.“

Aber wenn ich drin sitze, seh ich es ja nicht! Ich bin soo tolerant, unglaublich! Ich schreibe zu viel.

Ihr seid doch bestimmt unglaublich aufgeregt ob meiner Flugangst-Geschichte ... also ... was bisher geschah:
Ich erkläre der zuckersüßen Flugbegleiterin, warum ich mein Handgepäck unbedingt auf dem Schoß fest umklammert halten muss.
Nicht nur das, ich trage auch noch zwei Jacken übereinander.
So wie die Heidi. Nicht unsere miepende, wenig bekleidete Heidi mit Hans und Franz ... nee, die Heidi mit dem Geißenpeter auf dieser Alm.
„Also", fang ich an zu klugscheißern, „das wissen Sie bestimmt nicht, aber wenn wir abstürzen, was wir 100 pro heute tun werden, möchte ich gerne schön angezogen auf dem Meeresboden ankommen. Und damit das Bergungsteam mich auch später zuordnen kann, habe ich ja in meiner Handtasche die Ausweispapiere, den Lippenstift und die Blasenbinden. Es wäre einfach unkomplizierter. Verstehen Sie das?"
Die äußerst nette Flugbegleiterin lächelte mich verständnisvoll an! Sie hatte das wirklich nicht gewusst. Man konnte es in ihren weit aufgerissenen Augen sehn.
„Ich verstehe Sie sehr gut", sagte sie in der gleichen Tonlage, in der sie noch vor Minuten den Passagieren erklärt hatte, was man mit dem Sauerstoffding macht, welches beim Absturz des Fliegers von der Decke fällt.
„Aber ich kann Sie beruhigen, wenn wir abstürzen, landen wir alle vollkommen unbekleidet auf dem Meeresboden und im schlimmsten Fall hat der Passagier in der hintersten Reihe ihre Handtasche fest umklammert! Ich bringe Ihnen

jetzt mal einen Cognac, sogar einen Doppelten.“ War doch nett, oder?

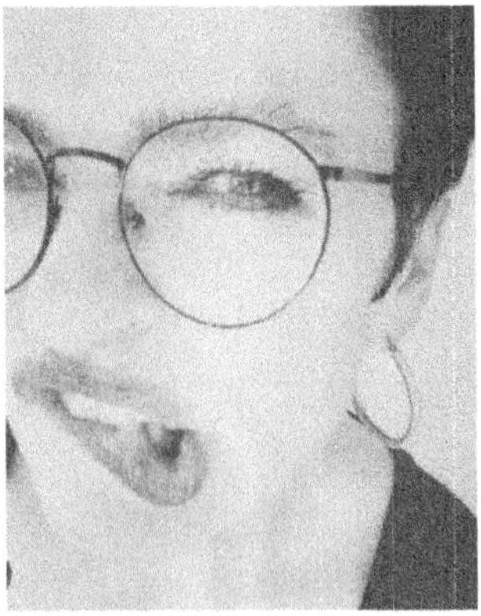

Donnerstag.

Und wie isset?

Warm, ne?

Das hier sind definitiv nicht meine Temperatur und mein Wetter.

Ich lebe extra hier in diesen Gefilden, und dann noch explizit am Arsch der Welt, um solchen Wetterlagen aus dem Weg zu „leben“.

Da hätte ich ja auch in die Sahara ziehn können, in so’n Beduinenzelt und den ganzen Tag an ’ner Wasserpfeife lutschen!

Bin ich aber nicht. Also ... bitte wieder Temperaturen, die man aushalten kann!

Aber zackig!

Heute Morgen, kurz vorm Morgengrauen, bin ich schon von einer fröhlich summenden Schmeißfliege geweckt worden, die sich mit Genuss auf meinen leicht schwitzenden, älter werdenden Körper gesetzt hat, um da Dinge zu tun, die sie

vorher noch beim Landwirt in unmittelbarer Nachbarschaft auf einem Schweinepopo gemacht hat. Und es hat ihr gefallen.
Bevor sie ihre Freundinnen benachrichtigen konnte, dass da im Bett jemand liegt, der es vermutlich nicht mehr lange macht, habe ich sie mit der in diesen Sommerzeiten ständig neben meinem Bett liegenden Fliegenklatsche in die ewigen Jagdgründe „gebeamt".
Soll sie sich doch da auf irgendwelche Hintern setzen!!
Mit der Klatsche in der Hand bin ich dann nochmal eingeschlummert.
Ich hab ja Urlaub.

Bis ich vom Gelächter einer Stechmücke aufgewacht bin, die sich wohl köstlich darüber amüsiert hat, dass sie mich trotz Fliegenklatsche im Anschlag schon dreimal ins Gesicht gepiekst hat.
Jetzt seh ich im Bereich meiner rechten Gesichtshälfte aus wie ein altes Klingonenmädchen bei Star Trek, Folge 10.0.
Das scheint ein schöner Tag zu werden.
Ich tu mich freun ... aber ich hab ja Urlaub!
Da summt schon wieder was.

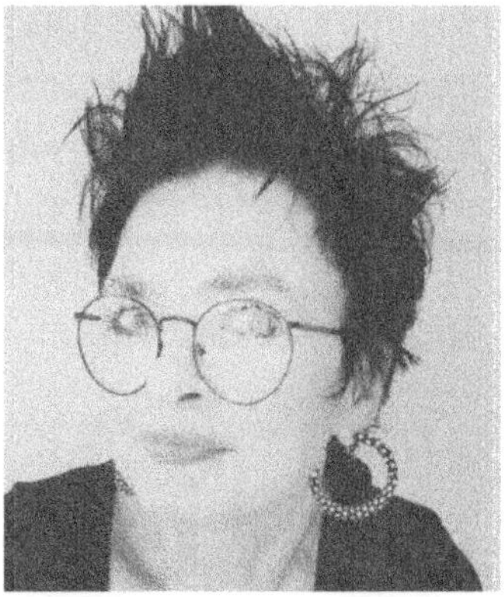

Samstag.

Na, ihr liebenswerten Knallpilze ... wie isset? Habt ihr mich vermisst? Vermutlich nicht.

Kurzer Reminder: Ich hatte Urlaub ... Aber ich rede mir das mit dem Vermissen jetzt trotzdem mal flott ein.

Das motiviert so dolle ...

Gut, ich gebe zu ... ich habe versucht, mich mithilfe von unglaublich tollen Fotos meines Oberkörpers plus Kopf oben drauf manipulativ in eurem Unterbewusstsein einzubrennen.

Wie so'n niedlicher Alptraum halt.

Tja, und bevor ihr unglaubliche Entzugserscheinungen bekommt.

Da bin ich wieder.

Herrlich, ne?

War schon schön, mal so 2 Wochen die labbrig gewordene Seele baumeln zu lassen.

Bei mir dauert es ein, zwei Tage, bis ich mich dran gewöhnt habe.

Herr Arenz schließt die Ladentür zu, kommt nach Hause, hängt sein Gehirn an den dafür vorgesehenen „Gehirnhaken" vor der Eingangstür, atmet nochmal tief ein und ... entspannt.

Um Schlimmeres zu verhindern, erinnere ich ihn zwei- dreimal am Tag daran, nochmal 'nen „Happen" zu atmen und das Gehirn vor der Tür zwischendurch mal zu befeuchten.

Frag ich ihn so nach der Hälfte vom Urlaub: „Du, Chérie ... welchen Beruf hast du und wie heißt deine Frau?", schaut er mich mit großen Augen an und überlegt.

Bis gestern wusste er es noch nicht!

Ich frag gleich nochmal nach.

Was er allerdings nicht vergessen hat, ist das Hungergefühl.

Und da komm ich wieder ins Spiel.
Ich habe vergessen, wie man Nahrung so zubereitet, dass es schmeckt und satt macht.
Mir reicht ja so'ne Milchschnitte und Obst, damit ich keinen Skorbut bekomme und mir nicht die Zähne ausfallen.
In dem Fall muss ich dann immer etwas vermitteln.
Ich hab das grade so hinbekommen.
Es gibt ja diese „Ofenfrischen".
Noch 'n bisschen gepimpt mit extra Käse ... fertig!
Hach, ja ! So, jetzt zieh ich nochmal die Joggingbuxxe bis unter die Achseln und zeig Meister Proper mal flott, wo der Frosch die Locken hat.

Das Wörtchen zum Dienstag.

Das Erste im August.
Ich bin ja sowas von zuverlässig mit dem „Heraushauen" meiner so tiefsinnigen, unglaublich nachhaltigen und selbstverständlich geklauten Posts der Weisheit ... hältste im Kopf nicht aus, oder?
Nennt mich Petra Buddha.
Die unglaublich Allwissende vom Arsch der Welt!

Ich bin gespannt, wann die ersten Pilger kommen, mir Blümchen hinter die Ohren stecken und Kerzen vor mir anzünden! Da hätte ich allerdings doch lieber so LED-Dinger mit Zeitschaltuhr. Mit richtigen Kerzen gehe ich entweder direkt in Flammen auf, ob meiner Polyamid-Affinität, oder verruße so flott.

Ihr kennt ja bestimmt diese schwarzen Madonnen, die immer so durch die Gegend getragen werden ... so seh ich dann bestimmt aus. Wäre doch schade, oder?

So. Genug beweihräuchert ... Wo war ich ... ach ja ... heiß ... Es ist ja so heiß.

Und so trocken! Also auch ich selbst, mein in die Jahre gekommener Körper fängt so langsam an, an Stellen, die NICHT mit diesem ungesunden Körperfett unterfüttert sind, so papyrusähnlich auszutrocknen.

Würde jetzt jemand Unbeteiligtes, der mich nicht kennt, nur meine Hände, die Vorderseite der Unterschenkel oder meine Armbeuge sehen, könnte der denken, er hätte die Mumie von Ramses, dem Zweiten vor sich.

3000 Jahre nachdem sie dem alle Eingeweide entfernt und diese in Spiritus gelegt haben. Halleluja!

Da kannste cremen, wie du willst.

Ich habe schon überlegt, ob ich mich nicht nachts auf meiner Vorderseite mit Salatgürkchenscheiben belegen soll.

Allerdings könnte passieren, dass Herr Arenz dann später mit Besteck und 'ner Flasche Kräuter-Salatdressing ins Bett geht. Frau Arenz hat Essen fertig!

Er wäre satt und ich würde weiter wie so'n Stück Dörrfleisch vor mich hin trocknen! Nur im Bereich meines „Bäuchleins“ brauch ich keine Gürkchen.

Da glänzt alles wie 'ne Speckschwarte. Wie bei diesem besagten Buddha ... Tja, und genau da bin ich nicht fett, sondern total heiß ... sagt die Tagesweisheit.
Klasse, oder?
Jetzt hab ich mich doch mal flott in einem Text mit Buddha, Ramses II. und der Hl. Maria verglichen ... na ja ... irgendwie ... is' schon okay, oder?

„Happy Hanftag", meine bezaubernden, vermutlich leicht verschwitzten, zauberhaften Follower!

Und wie isset? Euch ist vermutlich über Tag genauso warm wie mir, blöd nur, dass ich nix damit zu tun habe.
Es ist doch diesmal tatsächlich das Wetter und nicht meine unglaublich „gepilcherten", mit leichter morgendlicher Erotik überzogenen Krabbenfischer-Geschichten, die einem einen unglaublich wohligen, leicht prickeligen Schauer verursachen. Genau an den Stellen, wo man selber nicht mehr so richtig drankommt ab einem gewissen Alter.
Hmmmm. Yummie. Fertig „ge- erotikt."
Kommen wir zum Thema:
Heute ist Tag der Faulheit, haben die grade im Radio gesagt. Na gut, bei einigen einer von 365 Tagen, bei mir ... Moment ... Ich überlege ... hmmm ... ach ja ... bei mir nicht. Also – kann weg.

Als ich gestern am späten Nachmittag mit unserem „Hundenizer" Dino auf dem Nachhauseweg war, Klimaanlage auf meine abendlichen „Sommer-Pummel-Füße" so kalt gestellt, dass mir später ohne Umschweife ein Proktologe diese Füße

ohne Narkose hätte amputiert können, lief ebenfalls das Radio.
Zu „Take me home country road“ vom guten alten John Denver haben wir beide unglaublich laut mitgesungen, wobei der schnell an mir vorbeiziehende Gegenverkehr wohl jede meiner Plomben im hinteren Mundbereich ausmachen konnte.

Als Dino und ich uns wieder beruhigt hatten, sagte der Mann da im Radio drin, dass es in den nächsten Nächten zu einem verstärkten „Perse-iden“-Fall kommt.
Ach, du scheiß, hab ich gedacht ..., noch 'ne Flüchtlingswelle!!
Das schafft selbst meine Geldbörse nicht mehr!

Gerade war ich dabei, mich unglaublich zu echauffieren, da hat er noch flott erklärt, dass das ein „Meteorstrom“ wäre.
Um euch das mal richtig zu erklären ... so als unglaubliche Weltraumfachfrau:
Wir sind in freudiger Erwartung auf einen Sternschnuppenregen! Ist das nicht toll?!
Also, wenn es nicht bewölkt ist und an einer gaaanz dunklen Stelle, und nachts natürlich, regnet es Sternschnuppen. Ich habe schon mal alle Blumenkübel Richtung Himmel ausgerichtet.
Hauptsache, irgendein Regen. Und ... wir dürfen uns ja was wünschen ... ganz viel sogar ... Ich freu mich.

Donnerstag.

Na, ihr liebenswerten Knallpilze ... allet jut?
Ich vermute mal, dass ihr die ganze Nacht draußen im Dunkeln in irgend so einem abgemähten Getreidefeld mit dem Bauch nach oben gelegen habt, um den versprochenen Sternenregen zu beobachten und eure Wünsche loszuwerden.
Und? Hat's funktioniert?
Also bei mir schon.
Ich lag schon gaaanz früh – auch mit dem Bauch nach oben – in der Flohkiste und habe mir gewünscht, schnell einzuschlafen.
Augen zu und ... zack.
Hat funktioniert ... auch ohne „Perseidenbefall".
Hört sich auch irgendwie nach schlimmer Geschlechtskrankheit an, oder?
Aber egal ... Eigentlich wären wir gestern noch ziemlich gerne auf die Kirmes gefahren.
Ich hatte wieder etwas Kohle für Cocktails zusammengespart, aber ... mitten in der Woche abends irgendwohin!! Geht ja gar nicht mehr.
Und sich vorzunehmen, spätestens um 22 Uhr wieder zu fahren, geht ja immer sowas von in die Buxxe.

Halleluja. Der letzte Abend einer Veranstaltung ist nämlich immer der beste.
Da triffst du Leute, die hat man genau ein Jahr nicht mehr gesehen.
Als Herr Arenz und ich vor über 20 Jahren zum ersten Mal auf dieser besagten Kirmes waren, haben uns unglaublich viele Leute erzählt, dass das Steinmetz-Ehepaar vor uns beim Nachhauseweg immer ziemlich angesäuselt und laut singend die breite Straße „in Gänze" gebraucht haben. Gut sichtbar, da der Morgen schon dämmerte.
„Nein, wie peinlich ist das denn", höre ich uns noch beim ersten Bier am frühen Abend sagen.
Nun, es kam, wie es kommen musste ... Herr Arenz und ich haben diesen „Nachhause-Geh-Rekord" schnell geknackt!
Und wir haben wohl noch viel lauter gesungen! Hach, wat herrlich. Die Jahre vergehen und am Samstag haben wir unseren Sohn im Kirmesgetümmel erspäht. Mit seinen 194 cm kannste den sogar in großen Menschenmengen ausfindig machen!
Jetzt ist er wohl an der Reihe, die gute alte Steinmetz-Tradition aufrechtzuerhalten. Trinken kann er schon, singen glaub ich nicht ... aber egal ... dann muss er das halt üben.
Wir haben ja einen Ruf zu verlieren.

Montag.

Mein Hamsterrad läuft.
Ich lüfte grade mal durch, damit dann gegen 10 Uhr der erste Zitrone-Latschenkiefer-Aufguss gemacht werden kann.
Und um euch eine kleine Freude zu machen, wird mein langhaariger, braungebrannter, Six-Pack-behafteter Krabbenfischer heute höchstpersönlich in jeder Kabine diesen unglaublich heißen, gut riechenden Dampf mit einem Handtuch und rhythmischen Armbewegungen gaaanz langsam verteilen. Yummie.
Aber ... nur gucken, nicht anfassen!

Apropos heiß ... War das warm, heute Nacht!
Lüften ... Fehlanzeige. Womit?
Ich hab so geölt, dass ich zwischendurch dachte, ich flutsche ausm Bett!
Definitiv nicht meine Wetterlage ... Egal.
Wie isset? Wie war euer Wochenende?
Herr Arenz und ich waren auf einer Hochzeit in der Nachbarschaft.

Jaaa, wir haben Nachbarn!! Wir sind allerdings mit dem Auto hingefahren.
Man hätte auch zu Fuß, aber ich wollte ja gut riechend ankommen und auch nicht aussehen, als hätte ich 'nen Marathon gewonnen!
Halleluja, war das 'ne tolle Hochzeits-Party!
Aufgrund von viel Spaß, einigen Cocktails und lecker Essen waren Herr Arenz und ich dann gestern ziemlich gebügelt.
Während mein Körper damit beschäftigt war, die abendliche Aufnahme von Tsatsiki durch jede Pore geruchsmäßig nochmal Revue passieren zu lassen, hatte Herr Arenz mit den Nachwirkungen seiner vierzehntägigen, sonntäglichen Thai-Massage zu kämpfen.
Ihr thailändischer Ellbogen hatte sich wohl in Stellen gebohrt, wo am Abend vorher Bierchen und Currywurst ihr Plätzchen gefunden hatten.
Augen auf bei der Terminwahl, sag ich nur!
Er hat's ohne größeren Schaden überlebt, aber bisschen gejammert hat er schon.
Gegen 18 Uhr hatte ich dann „ausgemüffelt" und Herr Arenz seine Eingeweide wieder in der korrekten Position.
Bereit zu einer abendlichen Cabriofahrt für die sonntägliche Abkühlung.
Italienische Musik aus den 80ern, 'nen Schoko-Milchshake XL.
Herr Arenz fährt, ich singe laut und falsch ... kann ja nur Latein.
Herrlich.
Einen wunderschönen Montag für alle, meine liebenswerten Follower!
Denkt an den Aufguss ... 10 Uhr ... am Hamsterrad ...

Das Wörtchen zum Dienstag.

Tiefsinnig, geklaut, die komplette Welt mit seiner Wahrhaftigkeit aus ihren schon sehr in die Jahre gekommenen Angeln hebend.
Wir atmen gaaanz tief ein und die nächsten 2 Tage nicht wieder aus ... schließen die Augen und verinnerlichen die Röstaromen unzähliger Kaffeebohnen.
Und? Wie isset?
Also mir isset egal.
Ich mag Kaffee nur morgens von 5:10 Uhr bis 5:14 Uhr.
Aber das mit dem Befehlston von Elektrogeräten haben auch mein Staubsauger. Und der Trockner.
Und wenn man den ignoriert, fängt der an rumzupiepen wie so'n Verrückter.
Da musste direkt hin, sonst hat der vor lauter „Prass" die Wäsche in einen Aschehaufen verwandelt!
Wirklich. Also meiner.
Apropos Elektro:

Ein Highlight der Hochzeit vom Wochenende war übrigens noch so ganz nebenbei die Besichtigung von neugeborenen Kälbchen in einer riesigen „Kälbchenunterkunft".
Sehr beeindruckend.
Ich denke, ungefähr vergleichbar mit dem Eingangsbereich des Burj al Khalifa in Dubai.
Nur mit ohne Heu.
Die Kühe trieben an diesem Nachmittag außer Schnecken noch jede Menge Kurzweil.
Der Stier, also der Vater von den Kälbchen, hatte seine eigene Eigentumswohnung.
Etwas grimmig schnaubte er vor sich hin.
Unser versierter „Stall-Guide" erklärte uns, dass man als Mann mit all dem im Körper angelagerten Testosteron nicht so nah rangehen sollte.
Das würde den „Stall-Herrn" doch etwas unruhig machen.

„Also, geh nicht so nah ran, Chérie", sagte Herr Arenz zu mir, „mit deinem Testosterongehalt bringst du vermutlich die komplette Tierwelt hier durcheinander!"
Da könnte er recht haben, dachte ich, und strich mir gedankenverloren über meinen Drei-Tage-Bart.

Das Elektro-Highlight im Stall war dann aber doch diese automatische Melkmaschine „Milch-to-go".
Die Kühe gehn, wenn sie dann Bock haben, eine nach der anderen in diese Melkvorrichtung, bestellen sich 'nen Kaffeeschwarz mit viel Zucker, knabbern noch 'ne Kleinigkeit, um sich dann total erleichtert für den Mädelsabend fertig zu machen.
Die Kinder sind versorgt, der Mann schön „vergattert".
Den kannste ja eh nur für das „Eine" gebrauchen.

Hach, wie im richtigen Leben.
Nur mit Heu!

Donnerstag.
Noch ein paar Donnerstage, dann ist schon wieder St. Martin.
Der Typ auf'm Pferd, mit dem warmen Mantel, Bettler, Teilen, schwups ... heilig. Der.
Wenn ich an den Mantel denke, wird mir schon wieder warm.
Puh.
Just im Moment sitze ich vorm offenen Fenster und übe mich in Schnappatmung.
Es ist kühl draußen, aber auch wirklich nur draußen.
Kannste lüften, wie de willst.
Wenn ich jetzt ein kühles Lüftchen wäre, käme ich auch nicht in so 'nen überhitzten Muffstall!

Also, ich bin ja ehrlich ... Ich werde ja bald 60. (Ich bin erst 58, aber ich sag immer fast 60, wenn jemand fragt. Hört sich einfach klasse an.) Also.
Ich werde ja bald 60 und wenn ich so überlege, hatte ich in meinem ganzen Leben noch nie so viele heiße Nächte hintereinander!
Echt jetzt. Gut.
Das waren früher immer etwas andere Umstände, aber egal.
Man sah auch morgens definitiv glücklicher und viel entspannter aus.
Heute Morgen sah ich zwar auch aus, aber im Gegensatz zu früher eher ein bisschen scheiße.
Obwohl ich so ein spezielles Schlummerkissen besitze, welches mit einem hochwertigen Seidenbezug passgenau

ummantelt ist und eher an ein übergroßes Hundeleckerli erinnert. Aus Gründen der Faltenverhinderung. Gut.

Wenn du aufgrund der Biosauna-Schlafzimmertemperatur aufgeqollen bist wie so'n Hefeteig, dann haste eigentlich gar keine Falten mehr.
Die nächste Stufe tritt nämlich in Kraft. Die Haut wölbt sich nach außen.
In meinem Fall heute Morgen unterhalb der Augen. Tränensäcke, wo jeder, der stundenlang geheult hat, ziemlich neidisch drauf wäre.
Die Augen selber dünne Schlitze.
Man kann gucken, aber nur so quer.
Jetzt noch 'nen Dutt und fertig ist die Sumo-Ringerin.
Ich flott in die Küche an die Besteckschublade.
Normal reichen 2 Teelöffel, die man schön gekühlt auf dem Bereich der „Aufquellung" minutenlang positionieren tun tut.
Ich habe mir zwei Suppenkellen geschnappt.

„Ssss" machte es 3 Sekunden, dann waren die schnell auch überhitzt!
In der Art waren früher die „Morgende danach" allerdings auch nicht ... aber da hatte ich ja auch nicht so „Quellaugen".
Tja, so ist das, wenn man den Krabbenfischer eigentlich gar nicht mehr braucht für heiße Nächte.
Macht jetzt der Klimawandel.

Na, meine bezaubernden Follower ... Freitag.

Mit mir flutscht einem die Woche ganz schön durch die Finger, ne?
Jetzt bin ich schon die zweite Woche im Arbeitsmodus und es wäre vermutlich von Vorteil, in meiner unglaublich erfolgreichen Zweigstelle mal mit dem General und Meister Proper den Mambo zu tanzen.
Ich halte in der Zeit die Wassermelone!
Kommste zu nix.
Herr Arenz sagt immer, Umsatz ist wichtiger als Putzen.
Mir gut recht. Ich rede eh lieber ... aber mit „Schwätzen“ is’ noch nie was sauber geworden!
Wenn jemand das weiß, dann ich!
Also muss gehandelt werden!
Unsere Kunden fragen sich vermutlich auch schon, ob die „Wollmäuse“ zu meiner Produktpalette gehören!
Oha! Obwohl, man könnte mal versuchen, diese gewinnbringend zu verkaufen.
Fädemchen dran, ab an die Decke:

Die „Traumfänger“ des 21. Jahrhunderts.
„Wunsch-Wollmäuse“.
Der unschlagbare Verkaufspreis beinhaltet allerdings auch den bis dato noch recht unbekannten „Frolic-Staub“.
Diese Weltneuheit hat mein Co-Designer „Dino Maria Kretschmer-Arenz“ mithilfe der ortsansässigen Briefträgerin kreiert.
Die „Christel von der Post“ bringt unserem Wachhund nämlich nahezu an jedem Tag, den Gott erschaffen hat, diese Frolic-Dinger mit.
Nicht eins. Zwanzig!
Unser schlaues Tier verschlingt höchstens 5 bis 6 von diesen Dingern, wobei jedes Einzelne riecht als ständste mitten im Schlachthof.
Ein paar reichen auch aus, um Dinos Darmtrakt dermaßen anzukurbeln, dass er kurz nach dem Verzehr 170 qm Ladenfläche zum Riechen bringen kann!
Und kein „Chanel No. 5“!!
Schlachthof. Halleluja.
Am liebsten noch unter dem Tisch, an dem ich meine Ware an den Kunden bringen möchte.
„Ich war's nicht!“, sag ich immer sofort.
Weiß aber nicht, ob man mir glaubt! Den Rest dieser „Stinkedinger“ vergräbt er mit lautem Geräusch zwischen unseren kleinen, unzähligen Dekosteinen.
Und ... vergisst sie da.
5 Frolic, fast jeden Tag, schon ca. 6 Jahre.
Ca. 7200 „Frolics“. Richtig?
Dort zerfallen sie zu braunem, trockenem Staub!
Ich schnappe mir den Staubsauger, jeden Tag.
Ach, die Ladenklingel.
Laut und eindringlich.

Kunde droht mit Auftrag. Umsatz ist wichtiger, sagt Herr Arenz. Recht hat er.

Montag.

Naaaa, wie isset? Äugelchen schon auf?
Meine sind sogar schon „außenrum" angemalt!
Ich habe 2 Runden in meinem Hamsterrad gedreht.
Duftbäumchen hängen und stinken herrlich vor sich hin.
Love it.
Am Samstag war ich wieder auf einer Hochzeit.
Allerdings nicht als schillernde Persönlichkeit aufm roten Teppich, sondern als Hilfskraft.
Der Sohn einer meiner vier Busen- bzw. Schulfreundinnen hat geheiratet.
Und bei so 120 Gästen im hauseigenen Garten brauchste nicht nur jemanden, der nach dem Essen den Schnaps unter die Gäste bringt, sondern auch jede Menge Spül- und Aufräumhände!
Also hat die besagte Busen- bzw. Schulfreundin mal in unsere WhatsApp-Gruppe gefragt.
So kam es, dass eine weitere Busen- bzw. Schulfreundin und ich am Samstag in einer wildfremden Küche in einer wildfremden Besteckschublade gewühlt haben.
Und? Da war nicht ein Krümel drinne.
Nicht einer!
Mithilfe meiner Besteckschublade könnte man den kompletten afrikanischen Kontinent einen Monat versorgen.
Also sollte mein Sohn mal heiraten – nicht in meiner Küche.
Ich habe einen Ruf zu verlieren!
Jedenfalls waren wir 5 Mädels, die alle das Gleiche wollten: Spülen.

Und wenn man gleich tickt ... und ein Fläschchen Sekt daneben stehn hat, da kannste so'ne Party schon rocken!
Die Küche war am ziemlich späten Abend blitzeblank und ich konnte endlich mit meiner Busen- bzw. Schulfreundin Schnaps verteilen!
Natürlich haben wir sofort nach Erledigung unserer Arbeit die Hochzeitsfeier genutzt, um direkt das „Helferfest" zu feiern. Halleluja.
Ich wusste gar nicht, dass man auf „Skandal um Rosi" so abrocken kann.
Und dann noch lauthals die Telefonnummer dieser Rosi durch die Nacht schreien. 32168 ... Jetzt weiß ich es!
Bei der Verabschiedung haben wir Mädels noch 'ne halbe Stunde die „Fotobox" gesprengt. Auf die Bilder bin ich gespannt!
Gegen 3 Uhr fand ich dann mein Bett.
Herr Arenz hat mir erzählt, dass er mich gefragt hätte, wie viel Uhr es denn so sei bei meinem Heimkommen.
„Ich bin sooo müde", hätte ich geantwortet, um dann zwei Stunden später kerzengrade im Bett zu sitzen und laut zu rufen: „Es ist 3 Uhr!"
Es war ja aber schon 5 Uhr. Tja, so'ne Hochzeit hinterlässt Spuren. Lustig war's. Sehr lustig!!!

Das Wörtchen zum Dienstag.

Wieder mal von solch einer Intensität und Unwiederbringlichkeit.

Hältste im Kopf nicht aus, oder?

Sach doch mal!?

Allerdings musste auch ich zweimal lesen.

Keine Angst, meine geduldigen, liebenswerten, auf alles gefassten Follower:

Ich werde mich jetzt nicht „nackisch“ machen. Dieses doch recht faszinierende Erlebnis werde ich euch ersparen.

Lasst der Fantasie freien Lauf und guckt euch mal so'nen Tierfilm an. Mit Walen, Ziegen, Lamas ... egal.

Dann wisst ihr, was ich meine! Aber ... nichtsdestotrotz muss ich doch feststellen, dass zurzeit nachts, wenn ich schlafen tu, die Anzahl meiner Follower steigt!

Zwar überwiegend Lappen aus Lagos, Astronauten oder Gehirn-Proktologen, aber was soll's.

Ich hab's halt drauf. Die mögen vermutlich meinen Schreibstil, nicht meinen Körper!

In der Nacht von Samstag auf Sonntag waren es sogar über 40 Anhänger meiner „Pilcher-Kunst“.

Herr Arenz sagt, dass das noch nicht mal 'ne Professionelle in einer Nacht auf'm Kiez schafft!
Ich schon ... Gut, die hat vermutlich mehr Kohle verdient, aber ich konnte meine schon leicht angerubbelte Angora-Unterhose anlassen!
Klasse! Ich vermute mal, es liegt auch daran, dass ich mich mit einem persönlichen Brief bei Instagram beschwert habe. Diese Kendall Jenner hat das auch gemacht, weil nur Videos ja jetzt die Reichweite erhöhen sollen, keine Fotos.
Und weil der ihr üppiger Hintern nicht in so 'nen Film passt, nur auf ein riesiges Panoramafoto, hat die sich beschwert.
Und was die kann, kann ich dreimal!
Ich vermute mal, meine Beschwerde war dann der Auslöser für meinen unglaublichen Erfolg.
Jetzt. Zurzeit. Nachts. Tja, was soll ich sagen ... Ich sollte jetzt unglaublich darauf achten, nicht abzuheben! Immer schön auf dem Boden bleiben.
Die Menschen sollen nachher mal über mich voller Bewunderung und Ehrfurcht sagen: „Boah, hat die 'nen Schuss." Das wäre klasse!

„Happy-Hanftag“, meine vermutlich schon leicht ausgetrockneten Follower.
Wie isset? Also bei mir ... Ich muss reden.
Holt euch mal flott 'nen Tee mit Rum, 'ne Kuscheldecke und ab auf die Couch.
Heute Morgen hat mir meine Körperfettwaage (oder soll ich eher sagen „Körper-Wasserwaage“?) bestätigt, was ich schon seit Wochen vermute:
Das Wasser, was da so im nahegelegenen Rhein fehlt, wird vermutlich nachts, wenn ich so schlafen tu, in meinen Körper gepumpt. Wie das jetzt gemacht wird, weiß ich natürlich nicht. Ich schlafe ja.
Also entweder legen mir Außerirdische entsprechende Infusionen und lassen die Einstichstellen einfach wie fette Mückenstiche aussehen (sooo clever, ne?) oder aber der Mond ist schuld.
Der ist ja verantwortlich für Ebbe und Flut ... jetzt nicht direkt am Rhein, aber ihr wisst schon, wo. Tja, dann macht der Mond bei mir – in meinem, der Gravitation unterworfenen Körper – Flut, vergisst allerdings wieder Ebbe zu machen.
Außer in meiner Geldbörse ... da ist auch übrigens nie Flut drin!
Und das Ergebnis stand heute in fetten Zahlen auf dieser besagten „Wasserwaage“.
Meine erste Reaktion ist dann, die Waage erst mal zu schütteln, um ihr die Möglichkeit zu geben, nochmal über diese Scheiß-Zahl nachzudenken, die sie da so unglaublich gedankenlos angezeigt hat.
Wenn das nicht hilft, wechsle ich die Batterie.
Also Gewichtszunahme liegt auch oft an einer fast leeren Batterie in diesen Waagen, die echt keiner braucht – außer mir natürlich.

Tja, diesmal nicht.
Ich hab diese „Depressions-Produziererin“ jetzt mal in die Speisekammer gestellt.
Soll sie doch da das Wasser vom Sprudelkasten wiegen.
Da hat sie wenigstens was zu tun!
Nichtsdestotrotz werde ich heute mal vermehrt so Brennnesseltee trinken.
Schön warm. Das wird klasse ... Der soll ja nachweislich das Wasser aus meinem in die Jahre gekommenen Körper schwemmen. Dann geh ich ja oft auf Toilette oder bleib da über Tag einfach drauf sitzen und der Rest ist Geschichte ... gaaanz einfach.
Ich denke so in zwei, drei Tagen wird niemand mehr über einen Niedrigwasserstand des Rheines sprechen müssen.
Ich regle das.
Hach ... danke für's Zuhören ... schönen Mittwoch, jetzt geht's mir schon besser!
Eure Rosamunde Pilcher-Arenz

Freitag.

Fast geschafft. Auch wenn es keinen interessiert ... Heute bekomme ich, die Schmunzel-Influencerin, die Quiin of Wortspielerei und Selbstdarstellung, ein neues Firmenauto.
Also keinen LKW mit Kran ... richtig eins mit vier Rädern.
Es sollte ja schon im letzten Jahr von mir gefahren werden, aber Warten ist ja normal.
Bis unser Sohn auf die Welt kam, habe ich auch Monate gewartet! Allerdings war da alles dran damals. Das neue Auto ist ein Hybrid-Dings. Ob das so'ne gute Entscheidung war? Man hat uns nämlich mitgeteilt, dass dieses Ladekabel erst mal nicht dabei wäre.
Klappt ja alles prima, oder?

Hmmmm ... Wie schütt ich denn dann den Strom da rein? Isch guck mal.
Die einzige Neuerung ist die automatische Öffnung der Kofferraumklappe.
Ich bin ja immer beladen wie ein Esel. Jetzt habe ich allerdings die Befürchtung, dass wenn mein Fuß da eingescannt wird, wie mein Gesicht aufm Handy ... dann geht das Ding nicht auf.
Mein Handy sagt morgens immer: Keine Übereinstimmung. Und mein „Sommer-Pummelfuß" unterscheidet sich ja von der „knöchrigen Winter-Schmalfuß-Variante".

Ich seh mich schon da stehn: 4 Taschen,1 Hund,3 Pakete, 1kleiner Kissengrabstein und ich such den Schlüssel!
Ein Highlight wird vermutlich der sehr junge, gut riechende Autoübergeber sein.
Ich seh ihn schon vor meinem Lenkrad sitzen und lausche, wie er mir mit einfachen Worten endlich mal erklärt, wie's geht. Klasse.
Ganz früher waren ja Autoverkäufer meistens so'n bisschen halbseiden. Da hättste die ohne Umschweife an 'nen Elektrostab von so'nem Bumsauto auf der Kirmes dranstellen können.
„Leute zum Mitfahren gesucht", sag ich nur.
Heute sind die schon passend zum Auto. Yummi!
Wenn ich dann den Schlüssel in den Händen halte, gilt's.
Mein letztes neues Auto hatte ich grade mal stolze 3 Tage, da ist mir an 'ner Ampel ein Handybenutzer reingekracht.
Kein Personenschaden. Oder sagen wir so ... es wäre im Nachgang vermutlich einer geworden.
Unser Sohn wollte sich auf den Verursacher werfen und ihm einen Scheitel ziehn.

Gerade noch geregelt bekommen.14 Tage später war alles hinten repariert, um dann vorne alles bereitzumachen für 'nen deftigen Wildschaden.
„So, Frau Arenz, jetzt hätten sie noch die Möglichkeit, zwei Seiten vom Auto zu zerdeppern", hat der Werkstatt-Typ gesagt. Pffft ...

Einen wunderschönen Samstag für meine liebenswerten, bezaubernden, lesefreudigen, meine täglichen „Pilchereien liebenden" Follower!

So. Genug geschleimt. Es hat geregnet.
Mein neues Auto ist nass! Unzählige Wassertropfen überdecken diesen rabenschwarzen Traum aus Metall, Kunststoff und Gummi. Ich fass es nicht.
Meister Proper hat schon begonnen, diesen unschuldigen Lack, der noch nicht seitlich von irgendwelchen Einkaufswagen anderer Leute verschrubbt ist, vorsichtig in kreisenden, von mir vorgegebenen Bewegungsabläufen, abzuledern!
Dann kommt er ins Wohnzimmer.
Nicht Meister Proper.
Das Auto.
Müsste passen, wenn ich die Couch und den 3 m langen Esstisch nach draußen stelle. Inneneinrichtung wird eh überbewertet! Genauso mach ich's.
Gute Idee von mir.

So. Um mich etwas zu beunruhigen, werde ich mich jetzt eiligst meinem Krabbenfischer widmen ... Auch dieser gut riechende Traum aus Sixpack und Muskeln ist überdeckt von unzähligen Duschwassertropfen, die gaaanz langsam der Gravitation folgend an diesem unglaublichen Körper

herunterlaufen, am kleinen Gästehandtuch vorbei, welches heute nur von einem Einmachgummi des letzten Marmeladenglases meiner Schwiegermutter ins Halten gebracht wird.
Halleluja.
Jetzt aber flott.
Wenn Wasser auf dem Holzboden zum Liegen kommt, quillt er. Nicht der Krabbenfischer, der Boden! Ein Samstag ganz nach meinem Gusto.
Yummie.

Montag.

Naaaa, wie isset?
Mein Hamsterrad läuft schon, zwar elektrisch, aber läuft.
Ich habe heute nämlich bisschen rote Augen und leichte körperliche Einbußen.
Weinfest, sag ich nur.
Für diejenigen, die nicht von der Mosel kommen: Winzerfest.
Nicht, dass meinen bezaubernden Followern im hohen Norden oder tiefen Süden der Eindruck vermittelt wird, dass wir hier ein ganzes Wochenende so „rumweinen“! Vielleicht

morgens bisschen jammern, aufgrund von bisschen Kopfweh oder komplettem Gedächtnisverlust.
Ich persönlich hatte mich trotz aller Verführungen natürlich komplett unter Kontrolle. Na gut. So halb-semi.
Es gab nämlich nicht nur Wein, sondern auch unglaublich schmackhafte Cocktails.
Oha.
Einen davon auf einer vorher genüsslich verspeisten „Saufgrundlage“:
Einen riesigen, traumhaften Salat, gekrönt von kleinen Pfifferling-Scheißerchen und knusprig gerösteten Croutons, ummantelt von einem noch leicht warmen, wunderbar glänzenden Dressing, das an Geschmacksexplosion nichts zu wünschen übrig ließ.
Ohhh, yummie. Wenn das nicht glücklich macht.
Heute Abend, am letzten Abend, werde ich wohl – bevor ich mich ins Getümmel stürze – 'ne Dose Ölsardinen verspeisen.
Da muss die „Trink -Grundlage“ besser durchdacht sein.
Als Moselaner/-in kann dich zwar so flott nix umhauen, aber sicher ist sicher! Die meisten Touristen sind nämlich weg und die Einheimischen treffen sich zum „Restetrinken“ und um nachher das Licht auszumachen. Und wen man da alles trifft. Halleluja.
Da rennt dein ganzes Leben aufm Marktplatz an dir vorbei ... und ausnahmsweise mal nicht, weil du im Sterben liegst ...
Ups, da war sie wieder, meine dunkle Seite ... Aber genug „gepilchert“. Ich muss noch den Dosenöffner suchen ... Ölsardinendosen haben noch keinen Schraubverschluss.

Das Wörtchen zum Dienstag.

Spät, aber ich war ja verhindert. Die Weisheit des Tages heute ein wenig banaler als sonst.

Obwohl ... Sex, Pizza und Bett gehn immer. Was soll ich intelligente Klugscheißereien loslassen, wenn dieser Post heute meine Followerzahl rekordmäßig in die Höhe schießen lässt!

Es kommt ja hinzu, dass mein Gehirn noch aufgrund „übelster" gestriger Partymacherei von den Überresten einer dieser Cocktails umspült wird.

Halleluja.

Die Heidelbeeren da drin! Gefährlich.

Ich habe gestern Abend definitiv das „Licht" gesehen.

Das Licht von der Deckenleuchte des Marktplatzes in Cochem. Ich hatte es schon geahnt, als ich mich zu Hause standesgemäß „aufgedonnert" habe.

Farbe, Federn, Farfüm, Fippenstift.

Die 4 F's, die zu keiner Party fehlen dürfen.

Also bei mir. Herr Arenz wollte keinen Fippenstift.

So fing der Abend dann gaaanz gediegen an.

Einer dieser himmlischen Cocktails mit den Inhaltsstoffen Gin, Sekt, Eis und diese gefährlichen Heidelbeeren sollte reichen. Mein Mund war eins mit diesem Papierstrohhalm, der mir dieses herrliche Getränk in recht regelmäßigen Abständen zuführte, um dann doch schon recht schnell am Boden des leergewordenen Bechers laute Schlürfge-räusche zu erzeugen. Leer.

Na, einer geht noch. Ohne Heidelbeeren, versteht sich.

Wie schon gestern vermutet, zog meine Vergangenheit in Form von unzähligen „alten" Bekannten auf diesem Marktplatz an mir vorbei. Und jeder musste natürlich voller Leidenschaft gedrückt werden.

Tatsächlich war Corona gestern Abend einfach wie früher nur ein semi-gut schmeckendes Bier.

Wat herrlich.

Herr Arenz ist jetzt nicht so der „Drücker".

Heute Morgen hat er gemeint: „Ich bin froh, dass du nicht in 'ner Bäckerei arbeitest. Du würdest die Kunden für jedes einzelne Brötchen in den Arm nehmen!"

Hat er recht, der Herr Arenz. Allerdings gäbe es doch tatsächlich erst ab 10 Brötchen und einem Puddingteilchen meinen spektakulären „Schmunzel-Drücker".

Kleiner Anreiz muss sein ... Tja, der Rest der Nacht ist Geschichte.

In die Arme nehmen, Cocktails schlürfen, alte Zeiten aufleben lassen. Heute Morgen bin ich genauso aufgewacht, wie ich eingeschlafen bin.

Aufm Rücken. Aber ich bin aufgewacht.

Is' ja schon mal was ... bin ja bescheiden ...

„Happy Hanftag“, meine liebenswerten, bezaubernden, tollen, treuen Follower!
Jetzt nur bisschen aufpassen, dass ihr nicht auf meiner grade gelegten Schleimspur ausrutscht!
Naaaa, wie isset? Allet jut?
Also nur so viel: Ab morgen wird ja preismäßig in allen Lebenslagen noch mal ordentlich draufgelegt ... Ich, die Schmunzel-Influencerin, bleibe billig. Fest versprochen!

Also ich muss ja zugeben, so Nächte ohne Blut im Alkohol sind ja auch gar nicht sooo schlecht.
Mein in die Jahre gekommener Körper hat sich gestern ziemlich gefreut, als er von mir doch etwas geschont wurde. Und um den Tag in Gänze relativ perfekt abzuschließen, habe ich mich mit ihm schon gegen 20 Uhr in die Flohkiste gelegt. Fußteil meines Seniorenbettes in die höchste Kamasutra-Schlaf-Stellung, gewisse Teilbereiche des Körpers im Vorfeld mit Creme für gegen „Mumienhaut“ eingeschmiert, noch flott 2 Liter Wasser geschlürft und los ging's.
Mit Schlafen.
Mein Krabbenfischer hatte übrigens Landurlaub.
Der wäre nur ausgerutscht vor lauter Creme.
Heute Morgen bin ich dann von tosendem Applaus geweckt worden. Sogar während ich schlafe, bin ich toll!?
Das hat sich leider allerdings flott geklärt:
Es hat geregnet. Ein herrliches Geräusch! Landregen sagt man hier. Heißt das in Frankfurt eigentlich auch Landregen? Egal, Hauptsache, es regnet. Ich kann ja nicht alles mit meinen Wassereinlagerungen befeuchten. Tja, und nach dieser unglaublichen Nacht werde ich mich nachher in dieses tolle, neue Auto setzen.
Es spricht mit mir.

Allerdings nur, wenn ich es im Vorfeld bisschen anschreien tu. Ich vermute auch mal ganz stark, dass ich 98 % dieser Technik in diesem Auto 100 % nicht nutzen werde.
Ich hätte auch gerne wieder einen Kassettenrekorder drinne gehabt, aber es gibt noch nicht mal mehr CD-Player! Unglaublich. Was mache ich mit diesen CDs? Ich kann die doch nicht alle an die Bäume unseres Waldrandes hängen, damit die Tiere nicht über die Straße gehn, die wir hier nicht haben! Auch glaube ich, dass die Tiere des Waldes nur noch über Handy Musik hören und dann nicht grade meine CDs mit Tom Jones oder Hot Chocolate druff.
Boah, ich hab aber auch heute Probleme ... schönen Mittwoch!

Donnerstag.

Und dann auch noch der 1. September.
Meteorologischer Herbstanfang. Sachste nix, oder? Ich hab Licht ausgemacht.
Wir müssen sparen.
Ihr auch. Licht aus, sofort!
Geht doch.

Heute Morgen werden vermutlich wieder diese selbstgeschriebenen Pappschilder am Straßenrand stehn: „Hier Kürbisse und Weihnachtsbäume zum Selberpflücken" und „junge Männer zum Mitreisen gesucht".
Oder „Kürbisse zum Mitreisen gesucht und junge Männer zum Selberpflücken". Ich nehm den Kürbis.
Den muss ich nämlich heute noch flott von seinen matschigen Innereien befreien, lustiges Lachgesicht reingeschnitzt, Kerze rein und vom Rest im Lidl-Pseudo-Thermodings 'ne Suppe gekocht, die hier gar keiner mag.
Herbst halt. Und egal, wie warm das heute wird ... Heute probiere ich diese Sitzheizung aus.
Ohne Rücksicht auf Verluste. Die is' ja nagelneu und weiß noch gar nicht, dass sie 'ne Heizung ist.
Heute Abend schon.
Ich bin der festen Überzeugung, dass dieses Auto am liebsten wieder heim will. Umgebaut als Rasenmäher kann ich bei ihm keinen Schaden mehr anrichten! Kaum bin ich eingestiegen, fang ich nämlich schon an, irgendwelche Befehle zu brüllen. Wie so'ne 5-Sterne-Generälin.
Es ging bestimmt auch leiser, aber ... warum?
Der Hund im Kofferraum denkt bestimmt auch schon, er wäre auf 'nem Kasernenhof! Endlich kann ich mal jemanden anbrüllen. Psych-dings-mäßig 'ne klasse Sache.
Biste am Ziel total entspannt. Nur das Auto is' bekloppt danach.
In jedem Fall werde ich heute alle Heizstufen austesten. Aufgrund meiner unglaublichen Wärmflaschen- und Heizdeckenerfahrung bin ich sehr gespannt. Im Falle einer Überhitzung der ein oder anderen Pobacke schrei ich dann in voller Fahrt: „Kofferraumklappe auf!"

Uih ... Da bin ich gespannt, was passiert. Während ich dann so unglaublich gespannt bin, schrei ich das Telefon an, es soll den „Dieter“ anrufen oder „Mama Handy“ oder meine Geheimnummer der Sparkassenkarte.
Noch besser: Alle „Müller's“, die ich gespeichert habe.
Ich denke, spätestens dann wird dieses Auto den nächsten Parkplatz ansteuern und mich rauskatapultieren.
Tür zu und mit dem Hund entspannt in Richtung Sonnenuntergang fahren. Hoffentlich is' auf dem Parkplatz da jemand, den ich anbrüllen kann!

Freitag.

Schon wieder.
Wie oft hatte ich nochmal freitags im Leben ...?
Moment. Taschenrechner ... Oh. Der ist mit Solar. Geht nicht. Egal.
Es gibt Wichtigeres. Mich zum Beispiel.
Auf dem beigeklebten Foto seht ihr mich, die Quiin of Wortfinderei mit meiner Jagdtrophäe – dem Wetterfrosch – kurz nachdem ich ihm gezeigt habe, wo er die Locken hat. Klasse, ne?

Ich kann das Wochenende schon riechen, aber nach Wochen der lustigen „Partymacherei“ und des samstäglichen „Kurzweil-Treibens“ haben wir dieses Wochenende mal nix vor.
Wie schrecklich ist das denn?
Keiner braucht meine Spülhände, in keinem Garten kann ich inspiriert von mehreren Cocktails die Telefonnummer von Rosi in die klare Sternennacht brüllen.
Das geht ja gar nicht. Gut.
Dann werde ich mich jetzt endlich mal mit dem neuen Fitness-Studio beschäftigen, welches vermutlich extra wegen meines in die Jahre gekommenen Körpers am Arsch der Welt eröffnet wurde.
Herr Arenz meinte gestern schon totaaal niedlich: „Du brauchst vermutlich kein Hanteltraining, sondern 'ne Totaloperation.“
Gut. Er wollte ja immer schon wissen, wie man wäscht, putzt und kocht.
Dann fangen wir heute mal sofort damit an! Ich geh in der Zeit zum MC-Dingsbums.
Irgendwie habe ich die große Hoffnung, dass es da auch Hamburger und Fritten gibt! Mal gucken.

Der totale Clou dieses Studios ist, dass da keiner ist, der auf mich aufpasst.
Da macht dir auch keiner die Tür auf.
Da musste so'nen Code freischalten.
Bevor ich das gerafft habe, hab ich schon minutenlang die Türklinke angebrüllt.
Hätte ja sein können, dass das funktioniert.
Bei meinem nagelneuen Prollauto geht's ja auch.
Da geht's jedenfalls nicht.

Ich habe natürlich sofort per E-Mail Kontakt aufgenommen, mich freundlich beschwert und Bedingungen gestellt.
Das fanden die auch total klasse. Gehandelt hab ich auch noch. 3 Leute zum Preis von einem, Probetraining kostenlos und Luftballons am Eingang, wenn ich kommen tu.
Ich vermute, in wenigen Tagen wird mir der Generalschlüssel für die Studios in ganz Deutschland ausgehändigt.
Dann kann's losgehen. Meine Schlupflider, die Winkearme und der Rest in Tüten werden in ein paar Monaten vermutlich nicht mehr wiederzuerkennen sein.
Ich tu mich freun!

Das Wörtchen zum Dienstag.

Heute mal von so eindringlicher Intensität und Wahrheit.
Ein Wörtchen, das Buddha, Beate Uhse, Sigmund Freud und Konfuzius nicht besser hätten umschreiben können.
Es macht Gänsehaut und Rückenhaare.
Beim Lesen rollen sich gaaanz langsam die Fußnägel hoch, ein sanfter Tinnitus in beiden Öhrchen macht sich breit.
Man hat sogar das Gefühl, die kleinen, noch warmen Duschtröpfchen am handwarmen Corpus des

Krabbenfischers laufen nicht gaanz langsam nach unten, vorbei am kleinen Geschirrspülhandtuch, welches er sich gerade etwas unbeholfen um seine noch feuchten Hüften wickeln tut ... nein ... sie scheinen nach oben zu laufen.
Die Duschtröpfchen, mein ich ... entgegen den Gesetzen der Gravitation über das noch feuchte Six-Pack, vorbei am frischen Tattoo oberhalb der mittleren, rosafarbenen Brustwarze, entlang des muskulösen Schlüsselbeines, um hinten wieder runterzutröpfeln ... und da ... räusper ...
Puh, mir wird warm. Ja, so ist es halt, das Wörtchen.
Will sagen: Unsere Spülmaschine ist kaputt.
Nicht seit gestern ... nein. Seit über einer Woche.
Ganz zu schweigen vom Stabmixer, der einfach aufgehört hat zu mixen. Ich warte noch auf das dritte Elektrogerät, welches vermutlich in den nächsten Tagen den Geist aufgibt.
Vielleicht die Waschmaschine.
Ja, immer drei.
Elektrogeräte oder Sterbefälle in der Nachbarschaft.
Echt jetzt. Immer drei.
Schöner Mist. Jetzt spülen wir per Hand.
Herr Arenz trocknet ab und hat gleichzeitig unglaublichen Redebedarf.
„Ist das nicht schön, unsere Spül-Zweisamkeit?", fragt er mich jedes Mal.
Klar. Total schön. Zumal wir gefühlte 200 x am Tag miteinander telefonieren.
Geschäftlich und privat und umgekehrt. Aber Herrn Arenz fällt immer noch was ein, während ich mit Gummihandschuhen in diesem schnell ekligen Spülwasser rumplantsche.
Um dann nachher mit leichtem Würgereiz den Abfluss von Unrat zu befreien. Was haben damals Nofretete und Katharina die Große nur ohne Spülmaschine gemacht? Mit ihren

Männern geredet??? Halleluja. Ich muss mal grade in den Elektrofachhandel ...

„Happy Hanftag", meine bezaubernden, lesefreudigen Follower.
Wie isset? Gut geschlafen?
Ich so semi ... Gewitter. Im Falle von nächtlichen Naturereignissen gewittriger Art gehöre ich definitiv zur Fraktion: Große Schnauze – nix dahinter. Und warum sind Gewitter eigentlich meistens nachts? Damit man sie besser sieht, oder was?
Gewitter sind immer so laut und diese Blitze ... Puh.
Dass ich nicht neben meinem Bett 'nen Feuerlöscher montiert habe, ist echt alles.
Am liebsten würde ich mich bei Beginn komplett anziehen, und zwar mehrere Schichten übereinander, Wimperntusche und Lippenstift nicht zu vergessen, und dann mit allen Versicherungspapieren und 'nem Sauerstoffgerät in der Diele aufm Koffer sitzen.
Dieser Blitz könnte ja in unser Haus einschlagen.
Genauer gesagt, in mein Bett.

Es würde kurz so'n bisschen brizzeln und dann läg ich da. Total verkohlt.
Sofort bekommt das Kompliment „Du bist total heiß" 'ne ganz andere Bedeutung! Tja, und während ich so vor mich hin dampfen und darauf warten würde, dass Herr Arenz endlich aufwacht, um mich mit dem Rest aus seinem Wasserglas zu retten ... aber er kann ja gar nicht alleine aufwachen.
Ich wecke ihn ja immer, indem ich die Bettdecke ganz schnell wegziehe und neben ihm staubsauge.
Allerdings erst, wenn ich zu unserem Hund sage: „Hol das Stöckchen, Dino" und auf Herrchen zeige ..., wird er angsterfüllt wach. Tja, und wenn dieses überaus zärtliche Weckritual nicht vollzogen wird, wird er nicht wach, der Herr Arenz. Vermutlich erst so gegen Mittag.
In der Zeit bin ich ja vermutlich schon ziemlich zerbröselt in meinem Bett. Für nix mehr zu gebrauchen.
Hach, herrje ...
Nun ... die letzte Nacht habe ich ja nachweislich überlebt ... Glück gehabt. Das nächste Gewitter könnte es allerdings richten. Ich muss mich vorbereiten.
Vielleicht ein feuerfester Schlafanzug ... oder 'ne Sprenkelanlage überm Bett ... Isch guck ... und berichte natürlich.

Donnerstag

Grad hat's gedonnert.
Das passt doch wie die Faust aufs Auge. Wenn es so weitergeht, haben wir alle morgen frei? Hach, toll, ne?
Ich hab nämlich grade eben noch am „Kasperle gelutscht" und bin aus diesem Grund recht lustig drauf.
Mittlerweile geht dem das vermutlich ziemlich auf'n Sack, aber dafür ist er ja da. Was hab ich davon, wenn ich am „Meister Proper" lutsche?

Zitronengeschmack im Mund ... mehr nicht! Und?
Wie isset?
Um meine wunderherrliche Selbstüberschätzung noch ein bisschen auf die Spitze zu treiben:
Ich war gestern wieder mal Blut spenden.
526 ml in 6,9 Minuten. Es ist allerdings nur Blutgruppe 0.
Ich hatte mir eingebildet, mein Blut wäre vergleichbar mit dem ziemlich teuren Eiswein hier.
Aber ... am Arsch die Räuber. Massenware blubbert in mir drin. Egal.
In jedem Fall hab ich immer Spaß. Bevor man zur Ader gelassen wird, wird man ja im Schnelldurchgang durchgecheckt. Eisenwerte, Blutdruck ... und jedes Mal in einer Räumlichkeit, in der direkt rechts neben der Tür auf 'ner Liege so'n Gummi-Dummie rumliegt.
So wie der zugerichtet ist, hat der außer „Hängen“ schon alles hinter sich! Halleluja.
Und irgendjemand hat dem mal die Hand in die Hose gesteckt und nie wieder rausgeholt.
Es könnte sein, dass die damit das Blut der Spender in Wallung bringen wollen.
Bei mir klappt das nicht! Und ich hab zu dem Doc gesagt, wenn er irgendwann mal auf dieselbe Idee käme, wäre das hier jetzt seine letzte Blutdruckmessung.
Er hat's verstanden.
Weiter geht's in die große Turnhalle auf eine semi-gemütliche Plastikliege. Da liegen bereits die üblichen Verdächtigen, wie beim letzten Mal. Jetzt so'n lecker Cocktail mit Heidelbeeren ... könnte ein toller Abend werden.
Wenn du Glück hast, bedient dich ein junger Mann an der „Bluttheke“, der aufgrund meines Mundschutzes nur ahnt, dass ich seine Mutter sein könnte!

„Na, junge Frau ... Sie haben doch letztes Mal schon bei mir gelegen!"
Gut, wenn er meint. „Ja, könnte sein", antworte ich, „war ich denn gut?" Er zwinkert.
Ich muss wirklich gut gewesen sein!
Kaum war dieser Blut-Charmeur weg, legte sich eine Hand auf meine Schulter: „Ich dachte, unter 50 kg darf man nicht spenden?" Jemand mit viieel Ahnung.
Wann war nochmal der nächste Spende-Termin?

Na, ihr Flitzpiepen ... Was geht? Bei mir ist nachweislich **Samstag** und ich habe schon „Meister Proper" in die Kissen gedrückt. Natürlich nicht das, was ihr jetzt wieder denkt! Obwohl ... ich überlege ... nee ... doch nicht. Der hat mir zu wenig Haare!
Ich habe ihm nämlich mal gezeigt, wie man Bettwäsche wechselt. Jedes Mal hat er sich fürchterlich drin verheddert! Wie unbeholfen!
Und bei euch so? Gut geschlafen? Also ich muss ja jetzt mal die Mohair-Hosen runterlassen.

Also nicht wirklich.
Das würdet ihr nicht wollen ... sinnbildlich.
Ich hab's nämlich wieder getan.
Gestern Abend.
Eigentlich wollte ich damit aufhören, um mich von Abhängigkeiten zu lösen.
Um freier und um nicht mehr erpressbar zu sein.
Ein paar Wochen war ich wirklich stark. Ich konnte sogar schon drüber reden ... in meiner eigenen Selbsthilfegruppe. Es war schwer, ich musste mich sehr überwinden, meinen Gefühlen freien Lauf zu lassen ... doch gestern Abend ist es wieder passiert:
Ich habe meine geliebte Wärmflasche mit heißem Wasser befüllt, bin mit ihr in meine Flohkiste und habe sie dann mit sanften Bewegungen in horizontaler Rückenlage auf mein Bäuchlein gelegt, den ich vorher mit kleinen, leckeren Paprikascheißerchen und einem Gläschen Wein gefüllt hatte.
Innerhalb von Sekunden machte sich ein wohlig warmes, blubberndes Gefühl in mir breit, welches noch vom leicht prasselnden Landregen an der Fensterscheibe und der tropfenden undichten Dachrinne untermalt wurde.
Halleluja! Welch genialen Einschlafbedingungen.
Ich hörte mich noch zu Herrn Arenz sagen: „Weißt du, was ich gerade eben getan habe?"
Hab noch seinen leicht aufgeregten Blick aus dem Augenwinkel wahrnehmen können, da bin ich auch schon ins Schlafkoma gefallen.
Rumms. Weg war se, die Frau Arenz.
Gibt es etwas Schöneres?? Ja, doch ... schon ... aber gestern Abend definitiv nicht. I love my Wärmflasche.

Montag.

Oh, menno.

Schon wieder ... und nachweislich schneller da als der letzte Montag, oder wie heißt das? „Als“ oder „wie“ der letzte Montag? Die deutsche Sprache kann ganz schön kompliziert sein, wenn man von der Mosel kommt.

Egal. Hamsterrad läuft und braucht neue Reifen.

Es rutscht etwas bei Feuchtigkeit. Abgestrampelt hab ich die, die Hamsterradreifen! Kein Profil mehr. Also ich schon, die Reifen nicht.

Apropos strampeln ... mittlerweile stehn auf meiner Einkaufsliste eine Spülmaschine, ein Stabmixer, 2000 l Heizöl und neue Reifen fürs Hamsterrad.

Ach ja, und Wimperntusche.

Tja, und weil ich hier im Haus die Portokasse immer noch nicht gefunden habe, gibt's nur eine einzige Möglichkeit, die Zeche zu bezahlen: Lotto spielen.

Das mach ich allerdings schon seit Jahren.

Mit minimalem Einsatz und viel Geduld, da meine Zahlen irgendwie noch nie in diese dafür vorgesehenen Plastikkästchen gerollt sind. Obwohl sich diese Lotto-Dingsda vorher vom rechtmäßigen Zustand des Gerätes überzeugt haben. Es ist vermutlich doch defekt.

Meine Zahlen sind nämlich genau die Richtigen. Ich weiß es sowas von genau, weil 3 davon mal richtig waren. Halleluja. Was hab ich mich gefreut!

Man kann ja das Freuen schon mal üben, für den großen Auftritt mit den 6 Richtigen und dieser unnötigen Zusatzzahl.

In jedem Fall bin ich nach meinem unglaublichen Gewinn in die Lottozentrale meines Vertrauens, in der Hoffnung, dass Gerlinde sagt: „Du, deine 3 Richtigen ... das gibt diesmal so viel Geld ... das darf ich dir gar nicht auszahlen. Da kommt jemand bei dir vorbei mit diesem Geldkoffer!“

Am Arsch die Räuber!
„3 Euro 75 hast du gewonnen, soll ich es gleich für dich in Leckmuscheln und Brausetaler investieren?“
„Nein“, hörte ich mich sagen, „diesmal hätte ich gerne 2000 l Heizöl und den Stabmixer … vielleicht eine Leck-muschel ... aber nur eine!“

Ich vermute, nächsten Samstag ist es aber endlich so weit. Ich hab mir schon was Nettes zum Anziehn gekauft.
So’ne Lotto-Millionärin sollte gepflegt aussehen ... Ihr wisst, was ich meine ... Ich freu mich.

Das Wörtchen zum Dienstag.

Ich frag für ’ne Freundin ... Also …
Ich persönlich frag mich das allerdings auch manchmal – immer noch nach fast 30-jähriger eigener Balz im Partnergehege. Halleluja.

Als einziges weibliches Wesen in einem Zwei-Männer-ein-Hund-Haushalt fragste dich echt manchmal, welche Tierart du da grade fütterst.
Herr Arenz pflegt ja stets zu sagen: „Du wolltest uns alle drei. Jetzt haste uns!"
Ja, aber ich wollte mal nur so 14 Tage.
Mal ausprobieren ... Wie so ein Abo von Hello Fresh.
Da kannste mal Pause machen. Und da bekommt man noch unglaublich viele Geschenkgutscheine dazu!
Im Falle eines Partner/Sohn-Abos bekommst du ... gaanz viel Liebe!
Bezüglich unseres Pubärtiers habe ich ja vor fast 20 Jahren zum Glück eine Pflegeanleitung mitbekommen. Da stand dann drin, wie man sich Kohlblätter mit Quark zubereitet. Nicht zum Essen. Die waren zum Kühlen der „Nahrungsquelle" unseres Sohnes.

Jaaa, Stillen war echt eine unglaubliche Bereicherung in meinem Leben, besonders der Schmerz bei den ersten „Zähnchen".
Soooo klasse!
Ich schweife ab ... auf der letzten Seite dieser besagten Pflegeanleitung stand dann kleingedruckt: „Denken Sie immer daran, wenn es mal schwierig werden sollte ... Ihr Kind hat sich SIE als Eltern ausgesucht. Ein wundervoller Gedanke, oder?"

Tja. Und ich frage mich dann doch öfters, ob er damals die falsche Adresse ins Geburts-Navi eingegeben hat?
Er hat allerdings ähnliche Gedanken und verschlingt dabei gleichzeitig genau die Tafel Schokolade, die ich nur für mich soo gut versteckt hatte.

Die Weiße mit den Nüssen, die keiner hier mag!
„Mutti, ich liebe dich so", hat er dann mit wunderschönem Augenaufschlag zu mir gesagt. „Du solltest solche Dinge einfach noch besser verstecken. Ich kann nix dafür. Ich bin ein Opfer meiner Schokoladenlust."
Also diesen unglaublichen Charme hat er eindeutig von mir ...

„Happy Hanftag", ihr liebenswerten Knallpilze!
Und? Wie isset?
Also ich bin heute Morgen nicht nur von dem doch etwas lauten Klingel-Geräusch der Stechuhr-Inbetriebnahme meines Magen-Darm-Traktes, der Leber und der Galle aufgewacht – vermutlich haben heute alle gleichzeitig die Arbeit aufgenommen – sondern auch von einem wunderschönen Regengeräusch, welches in einer riesigen Pfütze vor unserem Schlafgemach versuchte, die Niagarafälle zu imitieren.
Gleichzeitig hörte ich das erst letzte Woche gezupfte Unkraut mit lautem Hurra und unglaublichem Enthusiasmus unterirdisch Wurzeln schlagen.

Was für ein Morgen.
Apropos schlagen. Ich hab's geahnt. Jetzt hat sich unser Fernseher überlegt, doch zusammen mit der Spülmaschine verschrottet zu werden.
Also, meine Einkaufs-Liste hat sich um ein Objekt erweitert.
Ich hatte schon Sorge, dass Herr Arenz jetzt die Spielsammlung vom Speicher holt.
Wer zusammen spült, kann auch Mikado. Halleluja.
Nein, er hatte eine bessere Idee.
Er klettert zu einer grottig frühen Uhrzeit ins Bett und will an „meinem" Fernseher im Sekundentakt 345 Programme gucken, um dann zufrieden grunzend auf DMAX mithilfe der Waffenschmiede zu lernen, wie man Melonen zerteilt.
Nicht mit mir! „Wo ist denn die Fernbedienung?", fragt er vorsichtig.
„Da lieg ich drauf und wenn du mir zu nahe kommst, wird mein Körper sie umgehend aufsaugen. Du guckst jetzt diesen Abklatsch von, Sex and the City' mit mir und dann ist Ruhe im Puff."
Ich konnte seine Augen rollen hören. „Meine Güte, die Mädels sind aber echt auf ziemlich alt geschminkt."
Oh, mein Mann ist informiert ...
„Die sind jetzt so alt, Chérie. Das soll so!"
Ich versuche, nicht einzuschlafen. Es fällt mir allerdings schwer, da mich diese Serie in jung schon nie interessiert hat.
Ich mag bisschen „schlüpfrig", aber nicht vulgär.
In dem Moment, wo Mr. Big tot und in die Jahre gekommen in einer Ecke dieser Luxuswohnung lag, bin ich auch ins Koma gefallen.
Das Letzte, was ich hörte, war das messerscharfe Halbieren der Wassermelone auf DMAX.

Mist, Herr Arenz hat doch tatsächlich den Einschlafwettbewerb gewonnen.

Freitag.

Neeee, oder? Wieso heißt der Freitag eigentlich Freitag, wenn man gar kein frei hat!?
Und genau heute steht bei mir so viel aufm Plan, dass ich heute Abend vermutlich vollkommen erschöpft gegen's Bügelbrett fallen werde.
Dort werde ich dann freudig erregt meine zweite Schicht beginnen. Bügeln.
Kann eigentlich weg, aber ist oft unumgänglich. Falten im Gesicht sind okay, aber auf der Unterhose. Niemals!
Die brauchen unbedingt 'ne Bügelfalte.
Und natürlich ist am Ende der Bügelkorb vom Pubärtier meterhoch.
Halleluja. Er hat in Spitzenzeiten in einer Woche mal 34 T-Shirts getragen! 34.
„Ich möchte nicht riechen", hat er geäußert!
„Ich auch nicht", hab ich zurück geäußert, „und deshalb bügelst du jetzt deine Klamotten selbst."

Gesagt, getan.
Jetzt sind es nur noch 20 T-Shirts.
Wenn unser Sohn mal ausm Haus ist, werde ich vor Langeweile bestimmt anfangen, Mandalas zu malen.

In einem Land vor unserer Zeit habe ich die Bügelwäsche mal mit auf die Arbeit genommen.
Zwei vollgestopfte Körbe ins Auto gedrückt, Hund hinterher und zweimal die Woche noch die Nahrungseinkäufe.
So muss damals auch so'n Flüchtlingstrek im Wilden Westen ausgesehen haben.

Beim nächsten Auto gab's dann hinten verdunkelte Scheiben. Problem gelöst. Nahezu gelöst, da durch den Transport der Bügelwäsche über 2 mal 35 km auch große Verluste einzelner Wäschestücke zu beklagen waren.
Und zwar genauer gesagt, beim Befördern der ungebügelten Wäsche zum jeweiligen Bügelbrett. Und wenn dann zum Beispiel kurz vorm winterlichen Schneefall von diesem Wäscheberg etwas runtergefallen ist, konnte es sein, dass ich diese Teile erst bei der Schneeschmelze, Monate später, vollkommen durchnässt und schon wieder schmutzig, auf dem Parkplatz vorm Laden wiedergefunden habe.
Und immer waren es Unterhosen und Socken. Geschirrspültücher und Bettwäsche fallen vermutlich nicht vom Wäschekorb. Die halten sich wohl da fest!
Aber is' ja auch schön, wenn Herr Arenz zum 100sten mal nach seiner roten Glücks-Unterbuxxe fragt und du kannst diese Frage endlich nach Monaten beantworten: „Chérie, ich hab sie gefunden. Auf dem Parkplatz vorm Laden. Bisschen nass war se, aber sonst noch voll okay!"
Warum guckt er dann nur immer so komisch???

... die Morgendämmerung begrüßte sie am Arsch der Welt schon um 4:73 Uhr in den sanftesten Farben.
Neongrün, Magentapink und Postgelb wechselten sich ab in ihrem Farbspiel, um dann auf der leicht vom Frittenfett verschmierten Edelstahlabdeckung der defekten Spülmaschine lustige Farbquadrate zu bilden.
Gedankenverloren stand sie an der Spüle und kratzte mit der weichen Stahlbürste die angebrannten Nudelreste aus dem Suppentopf, den ihr die Schwiegermutter damals zur Hochzeit geschenkt hatte.

Gerade als sie noch 3 Tropfen Spüli in das schon leicht bräunliche Spülwasser tropfte und sich überlegte, dass die Zwitscherbox mal neue Batterien brauchte, da sie im Hintergrund schon das Kreischen eines im Angriff befindlichen Mäusebussards vernahm, hörte sie auch, wie der Mond ganz sanft der gerade aufgehenden Sonne zuflüsterte: „Du bist heute wieder so heiß ... is' aber egal, ich hab jetzt Feierabend. Man, war ich wieder voll, letzte Nacht!"

Was für ein Morgen. Just in dem Moment, als sie den Löffel, der wohl schon länger im Nutellaglas verharrt hatte, mit leicht angeekeltem Gefühl von seinen Überresten befreite, vernahm sie einen wunderbaren, holzigen, warmen Duft.
Billig, aber holzig. Das war doch genau der Duft, den sie letzte Woche im Ausverkauf beim Lidl erstanden hatte ... für den Krabbenfischer.
Sie schloss die Augen und ließ die Spülbürste mit lautem Platsch in die Spülschüssel gleiten.
Dieser Duft!
Der Krabbenfischer stand gaanz dicht hinter ihr und sie konnte das kleine Metall der defekten rosa Wäscheklammer spüren, welche notdürftig das gaanz kleine Hüft-Gäste-handtuch dieses fleischgewordenen Frauentraumes festhielt.

„Mein Ankertattoo hat etwas Grünspan angesetzt", flüsterte das Träumchen in ihr Öhrchen, „könntest du mal mit deiner Stahlbürste den Anker sauber machen?"
Klappe, Schnitt.
Ist im Kasten! Danke an die Darsteller.
Kaffeepause.
Was für ein Morgen!

Montag.

Auf dem beigeklebten Foto könnt ihr sehn, wie überrascht ich bin, dass das Wochenende schon wieder vorbei ist.
Nichtsdestotrotz hat mein Hamsterrad schon seinen Betrieb aufgenommen.
Es leuchtet heute in den englischen Nationalfarben.
Duftbäumchen in der Geschmacksrichtung „Fish and Chips“ hängen.
Also die arme Queen ... jetzt wird die Frau schon tagelang durch die Gegend geschleppt.
Halleluja.
Heute endlich findet sie ihre wohlverdiente Ruhe. Aber so als Queen ... musste durch. Die Queen auch.

Nun denn, nachdem dann am Samstag die komplette Auspuffanlage von Herrn Arenz seinem Auto dachte: „So, jetzt fall ich mal ab ...“, hat sie das auch tatsächlich getan.
Tja, unsere „Kaputtliste“ wird immer länger!
Obwohl ... die Spülmaschine kann ich streichen.
Ich habe letzte Woche eine Neue gekauft.
Und wenn wir Glück haben, müssen wir nur noch so 3 Abende spülen!

Dann kommt ein „Spülmaschinenmann“ und baut sie ein. Herr Arenz hatte schon überlegt, dies selbst zu tun.
Au weia!
Also wenn du so als Frau vor der Entscheidung stehst, ob du danach ’nen riesen Wasserschaden hast und das Haus im Bereich der Küche teilweise abgerissen werden muss, überlegste nicht lange.
Ich bezahl lieber einen Monteur.
Herr Arenz war schnell überzeugt. Er wollte nämlich auch lieber versuchen, den abgefallenen Auspuff mit ’nem Gummiband für die nächsten 2 bis 3 Wochen ins Halten zu bringen.
Der Auspuff an meinem Auto ist noch dran, obwohl ich es schon drei Wochen habe.
Oder sind so Auspüffe mittlerweile abgeschafft?
Keine Ahnung.
Man hört ja nix. Mittlerweile habe ich auch begriffen, dass man nicht 20-mal auf den Startknopf drücken muss.
Es läuft schon beim ersten Drücken, es piept nur.
Schon irgendwie scheiße, oder?
Früher konnteste Fenster aufkurbeln, Ellenbogen lasziv raushängen und mal ordentlich die Kiste röhren lassen.
Da warste die Königin der Straße.
Und mit ’nem Fiat Panda erst recht!!
Heutzutage piepe ich nur.
Wenn ich Pech habe, noch gleichzeitig mit dem Backofen.
Da muss man echt gut überlegen, ob die Pizza fertig ist oder ob du mit deinem Auto grade voll rückwärts gegen die Mauer polterst!
Ich hab aber auch heute wieder Probleme!!

Lieber Gott,
wenn Du mich schon
nicht schlank machen
kannst,
dann mach wenigstens
meine Freunde dick!

Das Wörtchen zum Dienstag.

Heute von solch einer Raffinesse und unglaublicher Klugheit, dass mir selbst bald nix mehr einfällt.
Also, fast fällt mir nix mehr ein ... oder Quatsch ... mir fällt immer irgendein Mist ein.
Ich habe nämlich diese weisen Worte gewählt, weil mein Thema heute nur für Mädels ist.
Und bei dem Thema „Schatz, bin ich fett?“ schalten Männer ja bekanntlicherweise ab.

Außer Herr Arenz.
Der nicht. Er antwortet immer: „Jaaaa, an manchen Stellen schon. Möchtest du drüber reden?“
Nein, möcht ich nicht.
Natürlich können Männer heute auch an meinem Stuhlkreis teilhaben, aber nicht gähnen! Okay?!

Wenn ich mal mit meinem Buch auf Lesereise gehe, gibt's neben der persönlich signierten, überteuerten Ausgabe noch jeweils 'ne Leckmuschel dazu.
Da kann man, wenn's grottig langweilig und ermüdend wird, einfach mal drüber schlecken.
Ich denke dann: „Hach, wat schön ... Leckmuschel“, und ihr

könnt euer Gähnen wunderbar tarnen!
Ich hab aber auch Ideen und schweife schon wieder ab.

Also, mein Thema: Inspektionen im Herbst.

Gestern habe ich einen Termin mit unserer Heizung und ihrem Lieblingsmonteur organisiert. Den mag sie.
Nächste Woche ist meine Zahninspektion und heute meine 58000er Inspektion bei der Gynäkologin.
Bis vor 2 Jahren war das noch ein Gynäkologe.
Den hab ich nach über 40 Jahren total abgearbeitet und er hat mich irgendwann mal gefragt, ob er jetzt so mit über 70 mal im Rente gehen könnte.
Also mit meinem Willen nicht, aber ... gut. Er will ja auch mal leben – ohne Frauen.

Aber er war perfekt, weil er so ein Neutrum war.
Dünn, schlau und in Verbindung mit seinem weißen Kittel kaum wahrnehmbar.
Nun denn, jetzt rentnert er fröhlich vor sich hin. Und ich musste mir für die nächsten Jahrzehnte was „Neues“ suchen. Halleluja.

Und wenn ich Pech habe, fängt mein Zahnarzt auch demnächst an, seinen Lebensabend ohne mich zu planen!

Also Klamöttchen wechseln ist definitiv einfacher!
Ich bin aber auch so ein „Gewohnheitstierchen“.
Eine „Verbal-Spontanikerin“ mit Hang zum „Festgefahrenen“.

Was soll’s.
Ich kann ja nicht alles sein.

„Happy Hanftag“, meine bezaubernden Follower.
Und? Wie isset?
Also mir ist da gestern schon wieder was kaputtgegangen!
Ich schwör ... Ich hab's nur angeguckt.
Heute Morgen hab ich dann erst mal in aller Frühe die Atmung von Herrn Arenz gecheckt.
Die war ein bisschen flach ... die Atmung, aber er lebt. Vermutlich war er sogar just in dem Moment meiner Handauflegung in einem unglaublich süßen Alptraum mit mir. Könnte ja sein.
Zum Glück kann er sich nie erinnern.
Ich selbst war heute Nacht die Chef-Archäologin auf einer unglaublich historischen Ausgrabungsstätte. Es hat geregnet und ich habe mit lauten Anweisungen das Ausgrabungspersonal in Schach gehalten.
Bevor ich den Schatz von Troja zum zweiten Mal entdecken konnte, bin ich aufgewacht. Der viele Regen im Traum ... Ich musste dringend auf Toilette.
Leider ist es mir noch nie gelungen, meine Träume fortzusetzen.

Bis vorm nächsten Aufwachen in aller Frühe hat es in meiner Traumwelt dann gebrannt und ich stand da als Cheffeuerwehrfrau mit der Wasserpistole und habe das Löschpersonal mit lauten Anweisungen zum Erfolg geführt.
Tja, wer kann, der kann.
Und wer so richtig gut in der Thematik der Traumwelten bewandert ist, wird sofort feststellen, dass ich ziemlich einen an der Waffel habe.
Zum Glück, sag ich da nur!!!
In meiner realen Welt waren wir übrigens am letzten Wochenende noch flott auf dem 16. Geburtstag unseres Patenkindes.
Um Schlimmeres zu verhindern, fing es schon am Nachmittag im Hellen an.
Vorbei am Kuchenbuffet bin ich gleich zu den kleinen Frikadellen-Scheißerchen mit extra scharfem Senf.
Yummie.
Tja und dann gab's Cocktails mit Heidelbeeren.
Was soll ich sagen? Brandgefährlich.
Auf meine Frage am nächsten Morgen, ob Herr Arenz sich nett mit seinem besten Freund unterhalten hatte, kam: „Es gab schon einige Kommunikationsschwierigkeiten. Ihr Mädels habt in der Küche so laut gesungen, dass ein normales Gespräch über Stunden nicht möglich war."
Diese sch... Heidelbeeren.
Ich bin eindeutig allergisch ... also Obst, wenn es mal im Gärvorgang ist ... Finger weg, Mädels!

Donnerstag.

Na, ihr liebenswerten Knallpilze.
Ich geh mal mit meinem üblichen Selbstbewusstsein davon aus, dass ihr ohne meine „Gehirnausscheidungen“ in den frühen Morgenstunden – und natürlich auch über Tag – gar nicht mehr wüsstet, wie man im Leben zurechtkommt! Oder? Hab ich recht?

Ich bezeichne mich auch gerne als das menschlich geworden „Paracetamol“ am Morgen oder sogar euer fleischgewordenes eingelegtes Gürkchen aufm Leberwurstbrot.
Unnötig, aber wo se schon mal da is' ... So.
Fertig beweihräuchert.
Wie isset?
Die Liste der kaputtgehenden Dinge füllt sich weiter. Gestern Abend hat die Lampe im Kühlschrank unruhig angefangen zu flackern.
Es könnte jetzt sein, dass sie dachte, unser Sohn würde zum 5. Mal für heute den Kühlschrank auf links drehen, um Nahrung zu finden und sich dann vor lauter Hunger und Nahrungssuchverzweiflung auch die Kühlschrankbirne einzuverleiben oder sie hatte Angst vor mir.
Ich schrei ja zurzeit alles, was elektrisch ist, total an.
Bevor ich in das neue tolle Auto steige und da Befehle brülle, habe ich mich vor etlichen Elektrogeräten im Haus schon ordentlich weggeschrien.
Immer in der Hoffnung, dass die für mich dann irgendwas machen. Gut, ich denke, der Föhn würde auch funktionieren, wenn ich nur den Knopf drücke, aber durch meinen lauten Befehlston sitzt Herr Arenz auch schon morgens um 4 kerzengrade im Bett.
Wär der auch schon wach!

Nichtsdestotrotz hoffe ich, dass es nur die Kühlschrankbirne ist, die über die Elektro-Regenbogenbrücke gehn will, und nicht die komplette Kühl-Gefrierkombination.
Das wär's noch. Halleluja.
Die kommende Jahreszeit ließe es natürlich zu, dass ich die zu kühlenden Lebensmittel einfach bis März nächsten Jahres vor die Haustür stelle. Macht man halt nicht die Kühlschranktür auf, wenn man an den Käse will, sondern die Haustür.
Da haste auch viel mehr Platz! Man hätte tatsächlich den kompletten Vorgarten zum Einlagern!
Was für eine tolle Idee von mir.
Im Sommer könnte es schwierig werden. Da muss ich mir noch was überlegen. Früher hat man ja alles gepökelt, damit es haltbar bleibt.
Ich weiß jetzt nur nicht genau, ob so'ne gepökelte Käsesahnetorte geschmacklich überzeugen kann ... aber ich kann's ja mal versuchen ...

Freitag.

Und? Wie isset?
Also, ich sag nix mehr.

Wenn wir so weitermachen mit der Zeitraserei, ist bald schon wieder Karfreitag und wir dürfen nix Süßes futtern.
Und wenn jemand ab heute „Schnuckeln“ darf, bis der Arzt kommt ... dann ich.
Herr Arenz und ich sind nämlich seit einer Woche Mitglieder des neuen Fitnessclubs hier am Arsch der Welt.
Fitnessclub hört sich jetzt mal grade an wie Swingerclub, oder? Aber sowas ist es nicht. Glaub ich nicht.
Also ich hab noch nix gesehen, was drauf hindeutet.
Zumal ich noch nie in so'nem „Schwingverein“ war, ich vermute hier nur mal flott so vor mich hin.
Ich könnte mir vorstellen, die Einrichtung ist da anders. Dunkler wird es da sein und es riecht ganz bestimmt nach Pumakäfig. Obwohl die bestimmt auch so Spinte haben für die Klamöttchen mit 'nem Vorhängeschloss!
Also es gibt da bestimmt Übereinstimmungen!
Schluss jetzt.
Das sind ja schon Themen ... Ihr habt angefangen!

Bis jetzt waren Herr Arenz und ich immer die Ältesten beim Training und ich vermute, man denkt, wir wären das Seniorenpaar, was nachher kurz durchwischt und die Tür zuschließt!
Vielleicht drückt mir ja mal jemand 'n schönes Trinkgeld in die Hand, wenn ich von der Toilette komme: „Danke fürs Saubermachen“.
Also ich nehms. Noch flott 'ne Schnitte gemacht beim Muskelaufbau!
Und, was soll ich sagen ... nach zweimaligem Training könnt ihr auch auf dem beigeklebten Foto deutlich erkennen, dass ich schon Bauchmuskeln aufbaue.

Nach jahrelangem, nächtlichem Training mit meiner zentnerschweren Wärmflasche, stemmt mein Bäuchlein da in so'ner Maschine schon 40 kg!
Halleluja. Was wird das erst nächste Woche??
Ich vermute, dass ich in einem Monat schon die ersten Trainingsgeräte total „abgearbeitet“ habe und ich selbst:
Ein unglaubliches Muskelpaket, bestehend aus Sehnen, Muskeln und 'nem großem Kopf mit Haaren drauf.
Wow.
Ich brauch dringend einen Panoramaspiegel, da ist mein Kosmetikspiegel mit integrierter Beleuchtung und 100-facher Vergrößerung definitiv zu klein für.
Petra Hulk ... nur in fleischfarben.
Klasse, oder?

Samstag.

... als es gegen 11:89 Uhr im Haus immer noch nicht hell war, beschloss sie, dann doch mal endlich Fenster zu putzen.
Sie nahm etwas lauwarmes Wasser, welches noch vom Spülen vorgestern übrig geblieben war, und den Ceranfeld-schaber.
Das müsste funktionieren. Gedankenverloren kratze sie den ersten Quadratmeter frei.

Die Fliegen des benachbarten Schweinehofes pflegten, nachdem sie sich auf mehreren Schweinepopos gütlich getan hatten, auf ihrer Fensterscheibe den wohlverdienten Urlaub zu machen oder zu sterben.
Sie sah erstes Licht.

„Jetzt nur nicht ins Licht gehn“, dachte sie noch und sah auch schon den niedlichen Weißkopfadler, der täglich über ihrem Haus seine Runde flog.
Er hatte noch nicht begriffen, dass das Balzgeräusch des Weißkopfadlermädchens aus der Zwitscherbox kam, die an der Küchenfensterbank lehnte.
Sie lächelte und dachte total spontan: „Der Blödmann.“
Sie meinte allerdings nicht diesen großen Singvogel dort, sondern ihren Mann Kai-Smøre.
Ein leichter Schauer lief ihr über den Rücken.
Kai-Smøre saß schon Monate ein.
In der EVVA. Die Energieverschwender-Vollzugsanstalt, ein paar Meter entfernt.
In den letzten Jahrzehnten schossen diese Einrichtungen wie Knallpilze aus dem Boden.
Er hatte heimlich zu oft geduscht und wurde verraten.
Die 192-jährige Nachbarin, die jeden Tag das kleine, schon leicht zerrissene Gästehandtuch des Krabbenfischers auf der Wäscheleine anstarrte, wunderte sich, dass das 229 x 200 cm große Badetuch, auf welchem Benjamin Blümchen ganz groß abgebildet war, daneben hing.
Es kam, wie es kommen musste.
5 Jahre ohne Bewährung, aber mit Wasser und Nutellabrot.

„Hach, ja“, seufzte sie, „zum Glück hab ich ja noch den Krabbenfischer.“
Kaum gedacht, schon roch sie sein billiges Parfum, holzig, bisschen nach alter Alge, aber ... frau nimmt, was frau kriegen kann!
Gaaanz langsam drehte sie sich um ... Fensterputzen kann so sexy sein!
Klappe ... Schnitt ...

Das Wörtchen zum Dienstag.

Diesmal ein Spruch aus meinem Leben.

Da isse wieder, die Frau Arenz.

Unversehrt und gerade noch den „Kasperle“ dazwischen gehabt und mal ordentlich abgeschleckt.

Also das mit den Ameisen ist noch nicht ausgestanden.

Ich habe jede einzelne Ameise gestern nochmal ordentlich angeschrien und ihnen den Eingang zum Ameisenköder gewiesen.

Diesen habe ich mit 'ner bunten Lichterkette geschmückt und ein gaanz kleines Schild mit der Aufschrift „Cocktailbar“ drüber gehangen.

In der Köderbox läuft Hot Chocolate-Mukke.

Der sexy Barmann ist das Silberfischchen, was mir gestern noch auf dem Weg ins Bad begegnet ist.

Also, wenn ich 'ne Ameise wäre, würde ich schon längst angeheitert am Tresen sitzen.

Und? Was soll ich sagen:

Da ich direkt neben der „Köderbar“ noch eine als Toilettenhäuschen deklariert hab, is' Ruhe im Puff.

Also, im Moment! Herr Arenz behauptet ja, das käme alles von meiner neuen „Zwitscherbox“.

Da kommt auf Knopfdruck mitten im Dunkeln Vogelgezwitscher raus, das mich so glücklich macht. Herrlich!
„Und genau das lockt alles an, was die Tierwelt zu bieten hat“, sagt er.
Er vermutet sogar, dass die Vogelschwärme gen Süden in ein paar Wochen alle vor unserer Haustür sitzen oder im schlimmsten Fall auf seiner Couch, um mit ihm „Waffenschmiede“ zu gucken.
Ich muss das mal beobachten.

Als ich heute Morgen allerdings die Couch von den Erdnüsschenresten des Wochenendes befreit hab, habe ich zwei Fliegen inkognito erwischt.
Also Geräusche machen die ja dabei nicht.
Ich bin sogar ganz nah ran. Haben die gar nicht gemerkt.
Und was ich morgens um halb 5 nicht hab, brauchen die erst recht nicht!
Da hab ich dann mal flott mit der Fliegenklatsche den „Coitus Interruptus“ bei den frisch Verliebten vollzogen. Geburtenregelung auf die Arenzsche Art.
Nicht in meinem Haus!!
Wenn ich das dulde, klingelt demnächst noch die Schafherde von der Wiese nebenan. Weil's so schön is' bei uns auf der Couch.
Ich stell mal grade flott die Zwitscherbox auf Meeresrauschen ... nur zum Testen.
Vielleicht kommt ja dann Aquaman ... sabber ... yummie.

„Happy Hanftag“, ihr Flitzpiepen.
Wie isset?
Meine Ameisenzucht hat gestern eine Auszeichnung bekommen!
Die haben jetzt Papiere. Tja, wer kann, der kann!
Ich werde mal mit dem Steuerberater drüber reden, wie das ist mit so'ner Zucht.
Wenn's Kohle gibt, bin ich dabei!
So. Genug gefachsimpelt.
Es gibt wesentlich wichtigeres: 60 Jahre James Bond.
Ich will ja nicht überheblich wirken, aber ich bin 2 Jahre später geboren und vermute, ich war damals die Inspiration für diesen Fleming.
Woher sollte der sonst auf die Idee mit diesen von morgens bis abends wuschigen Frauen kommen, wenn nicht durch mich?
Da staunt ihr, ne? Ich übrigens auch ...
Weiter im Text. Also ... die Problematik jeder Folge ist und bleibt erstaunlich aktuell:
Ein Arschloch will die Weltherrschaft an sich reißen.

Ein Typ, dem du 'n Schnitzel um den Hals binden musst, damit wenigstens der Hund mit ihm spielt.
Kurz vor knapp wird dann James auf den Plan gerufen.
Er soll's richten.
Und der Zuschauer weiß genau, dass er das in 90 Minuten schafft. Kann auch schnell gehn, so'ne Weltrettung.
Nun denn.
James ist gerade dabei, einer wunderschönen, unbekleideten Frau zu erklären, wie man die Bettwäsche wechselt.
Dann muss er auf die Arbeit.
Er geht aufs Amt und bekommt ein Auto, Kohle, Zigaretten und Wundsalbe.
Dann geht's los.
Um auf die besagten 90 Film-Minuten zu kommen, werden ihm unzählige Frauen in den Weg gelegt.
Die kommen aus dem Wasser, liegen vergoldet im Bett, fallen vom Himmel oder sind gerade dabei, den Kühlschrank abzutauen.
Da gibt es die Pussy Galore, Elektra King und Honey Rider.
Na, klingelt's??
Es kommt zu heftigen Liebesszenen im Wasser, in 'ner Raumkapsel oder vorm Kühlschrank.
Rauf, runter, drunter, drüber. Fertig.
Das jeweilige Mädel guckt noch beseelt ... und wird kurz drauf erschossen.
Ich vermute mal, die sollen nicht erzählen, wie schlecht dieser James im Bett ist. Nachvollziehbar.
So, jetzt aber flott dem Arschloch, das gerade dabei ist, alle Atomwaffen der Welt in die Luft zu sprengen, mit dem Kugelschreiber 'nen Luftröhrenschnitt machen.
Bond hat vergessen, dass man damit auch Schießen kann.
Egal. Kurz vor knapp ist alles wieder gut.

Die Welt liegt in Trümmern und die Wundsalbe is' auch alle. Fertig. So einfach ist das.

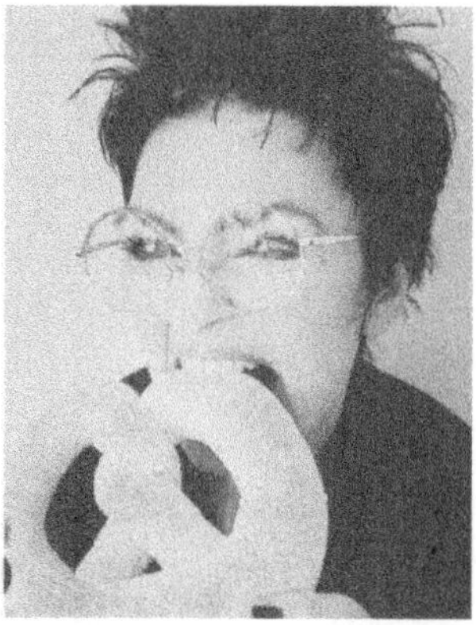

Donnerstag.

Na, ihr liebenswerten Knallpilze ...
Was geht? Also, bei mir geht's. Fertig.
Genug geschleimt!
Auf dem beigeklebten Foto seht ihr die Quiin of Wortfinderei und Alltagsfreude mit einem doch recht gängigen Kleingebäck.
Der September-Brezel.
Früher, in einem Land vor unserer Zeit, sagte man hier bei uns Martinsbrezel.
Und der Hl. Martin verteilte die damals immer im November, wenn er Namenstag hatte.
Ein paar Wochen vorher hatte er nämlich seinen Mantel geteilt.
Er ist so durch die Stadt geritten und hat 'nen Bettler beim Frieren erwischt.
Und schlau, wie er war, hat er mit 'nem großen Obstmesserchen seinen Mantel in zwei Hälften geschnitten. Beziehungsweise so säuberlich an der Naht aufgetrennt.

Sach mal!
Konnte der dem Bettler seinen Mantel nicht in „Gänze“ geben?
Was machste denn mit ’nem halben Mantel?
Weiterfrieren oder was?
Der hatte doch bestimmt in seiner Kleiderkammer hunderte von diesen Umhängen.
Da fällt mir nix mehr ein!! Typisch Oberschicht!

Nun, denn. Es kam, wie es kommen musste.
Zu Hause hat er erst mal von Frau Martin die Stelzen beschlagen bekommen.
Erst mal war er zu spät und dann noch mit so ’nem zerruppten Mantel.
Deshalb werden jetzt diese Brezeln geteilt. Mit Zucker ummantelte Luft.
Die muss man auch sofort essen, sonst kannste die als Schlagwerkzeug benutzen.
Nur Kruppstahl ist härter!

Und im Magen können diese Dinger extreme Schäden anrichten. Da hat selbst die säurigste Magensäure Probleme beim Zersetzen.
Man hat ja schon Mumien gefunden, da war die Brezel noch komplett vorhanden!
Wirklich. Es ändert allerdings nichts an der Tatsache, dass dieser Martin eigentlich erst im November sein Pferd satteln tut. Und was ist für ein Monat heute? Genau.
September. Heißt das, ich stell mich heute Abend mit meiner LED-Mondlaterne schon an den Straßenrand?
Kommt er dann?

Was mach ich, wenn nur die Müllabfuhr kommt? Sing ich dann auch?
Wie erkläre ich denen dann, dass ich kein Restmüll bin? Fragen über Fragen. Ich muss nachdenken ... das geht natürlich viel besser, während ich einen Dominostein im Mund mit der Zunge in seine Einzelteile zerlege und ihn dann kurz vorm Runterschlucken im oberen Speiseröhrenbereich wieder kunstvoll zusammensetze ... schwupps ... weg issa.

Freitag

... sie hatte sich die ganze Nacht unruhig hin und her geworfen.
Ihr Schlafanzug XXL mit den Häschen drauf hatte sich schon so oft um ihren in die Jahre gekommenen Körper gewickelt, dass sie aussah wie Ramses II. kurz nach seiner Mumifizierung.
Damals im Sozialraum der Cheopspyramide.
Das waren noch Zeiten.
Ohne LED-Lampen mit erstaunlich echt wirkendem Kerzeneffekt von QVC und Leberwurstbrot mit Gürkchen.

Ein Schauer nach dem anderen lief ihr über den mit einem leichten Haarflaum überzogenen Rücken, wenn sie an ihn dachte! An IHN.
Nein, nicht der Krabbenfischer.
Der hatte letzte Nacht viel zu kalte Füße und weigerte sich, seine flauschigen, rosafarbenen Stoppersocken anzuziehen.
Nicht mit ihr!
Nein. Ein anderer sollte am frühen Vormittag ihr Herz höherschlagen lassen.
Er hatte gestern angerufen.

Oh, diese Stimme. Die beiden Schokoladenseiten ihres Mandelhörnchentelefons waren beim Gespräch mit ihm wieder in den flüssigen, lauwarmen Aggregatzustand zurückgekehrt.
Ihr selbst ging es ähnlich.
Ihre knöcherigen, mit etwas Lederhaut überzogenen Knie zitterten so, dass sie sich am horizontalen Griff des Backofens mit Ausfuhr-Wagen festhalten musste.
Heiße und kalte Schauer im Wechsel überflogen ihren Körper. Rote Flecken in der Form der Umrisse von Norwegen, Schottland und den Galapagos Inseln überzogen ihr sonst ebenmäßiges Antlitz.
Sie konnte keinen klaren Gedanken fassen.
Dass sie das nochmal erleben durfte!
Jetzt hatte sie schon Stunden nicht geschlafen und sich immer wieder diese neuartigen Melatonin-Gummi-Kapseln reingezogen.
Das sollte beim Einschlafen helfen.
Am Arsch die Räuber!
Bei jedem Rülpser, den diese Dinger bei übermäßigem Verzehr hervorriefen, hatte sie das Gefühl, in einem Lavendelfeld in der Provence bei der Ernte als Aushilfe auf 450-Euro-Basis zu arbeiten.
Wer kann bei so 'nem schlechten Gehalt einschlafen?
Kein Mensch.
Aber in wenigen Minuten sollte es so weit sein.
„Er" würde gleich versuchen, mit einem Finger seiner starken Hand zärtlich die Haustürklingel zu betätigen. Mist. Die Klingel war ja schon 15 Jahre außer Betrieb.
„Ich werde vor der Türe auf ihn warten", dachte sie und warf sich in den halbseidenen Morgenmantel.

Samstag.

Heute kommt das Sams.
Glaub ich jedenfalls.
Ich kann's ja einfach mal behaupten.
Wenn's klingelt, guckt erst durch den „Spion" in der Haustür.
Könnten ja auch diese Zeugen sein ... egal.
Kann ich jetzt endlich weitererzählen?
Immer dieses „Vorspielgeplänkel".
Ich komme ja am liebsten direkt zur Sache.
Biste flotter fertig.
So. Ein Auge zu – Kopfkino an.
Popcorn und Diätcola parat? Los geht's:

... sie hielt es einfach nicht mehr aus. Dieses lange Warten auf den „Einen" brachte sie vollkommen durcheinander.
Sie wollte ihn schon an der Haustür in Empfang nehmen, damit er schon von Weitem sah, wie sie sich freuen tut. Schnell und total aufgeregt streifte sie sich die Kompressionsstrümpfe über.
Zur Feier des Tages die Schwarzen mit der Spitze.

Auf keinen Fall die Fleischfarbenen.
Die trug sie, wenn sie den Wocheneinkauf beim Metzger des Nachbardorfes machte.
Heute sollte es etwas Besonderes sein!
Sie machte es sich vor der Haustür gemütlich und winkte verträumt dem niedlichen Weißkopfadler, der hier allmorgendlich seine Runde dreht, um Beute zu machen.

Er hatte sie zum Glück rechtzeitig erkannt und winkte zurück.
„Was ist er doch charmant“, dachte sie, während sie gleichzeitig die Werbemusik vom Obi-Baumarkt summte.
Nicht der Weißkopfadler ... ER.
Mr. Unbekannt.
Seine Stimme am Telefon klang vielversprechend und verheißungsvoll. Samtig weich, ein bisschen rau – vermutlich vom „Kette“ rauchen – lief sein gesprochenes Wort am Mandelhörnchentelefon wie Honig an ihrem Ohr entlang. Das schien mal ein Mann zu sein, der sein Wort hielt.
Einer, der ihr in so zwei bis drei Stunden zeigen würde, wie man's macht.
Sie hatte nämlich keine Ahnung, hatte aber schon alles vorbereitet. Alles war an seinem Platz.
Schon jetzt erschöpft, schloss sie ihre mit Long-Lash-Wimperntusche bemalten Augen.
Schwups.
Eingepennt.
„Morgen, Lady ... hier bin ich.“
Sie erwachte.
Das war er.
„Ich bring die neue Spülmaschine. Alles bereit für die Installation?“

So sah also „Glück“ aus: klein, dicklich, keine Haare und schon leicht verschwitzt.
Aber er hatte das, was sie wollte: die Spülmaschine.
Sie lächelte zufrieden. Für 90 € zeigte er ihr, wie’s geht, und weg war er.
Kann auch flott gehn, oder?
Klappe, Schnitt.

Das Wörtchen zum Dienstag.

Obwohl ich just im Moment ein Montagsgefühl habe.
Gestern war ja ein Feiertag, aber ich habe keine Kosten und Mühen gescheut, das bunt leuchtende Hamsterrad in Betrieb zu nehmen.
Es war allerdings auch dringend notwendig.
Bei uns hier am Arsch der Welt war am Sonntag ein kleines Freunde-Treffen angesagt.
Ziemlich lustig, aber ... wir werden älter!
Um 23 Uhr war schon Schluss und unterm Tisch lagen mehr Krümel als ganz früher aufm Tisch.
Man lässt im Alter doch mehr unter sich gehn!

Beim nächsten Date organisier ich gleich 'nen Schwung Hühner mit. Da muss ich meine geliebte Zwitscherbox nicht anmachen und es ist direkt sauber!

Im Fitnessstudio hab ich dann gestern noch versucht, den „scharfe-Scheißerchen, Knobi-Baguette, Spagetti-Bolognese-Käsekuchenbauch" mittels diverser Trainingsgeräte etwas abzuflachen.
Bei geöffnetem Fenster ging's ganz gut!

Der Rest des Tages war so liegend. Die Augen abwechselnd geschlossen und zwischendurch 'nen Lebertee.
Ich werde älter.
Ach, ja ... das Wörtchen zum Dienstag.
Also, mein neues Auto mit der Schramme vorne rechts ist ja super empfindlich. Da genügt schon, wenn ich einen meiner Kompressionsstrümpfe auf den Beifahrersitz lege.
Dann piept schon alles.
Wundert mich nicht, wenn da irgendwann mal die Airbags aufploppen!
Zur Vorsicht schnalle ich jetzt immer alles an! Auch die Strümpfe.
Und dann dieses Sprachsystem ... die versteht echt alles falsch!
Nach meiner sprachlichen Eingabe in das Navigationsgerät, sagt die letztens zu mir: „Leider kenne ich ihren Vater nicht. Soll ich den Kontakt aufnehmen?"
Was will die mit meinem Vater, der ist 86!!
So ist die drauf.
Halleluja.
Jetzt muss ich bestimmt total aufpassen, dass sie nicht hinter meinem Rücken Kontakte aufnehmen will.

Wie so'ne Dating-App und irgendwann hab ich mal das Auto voller Kerle, weil sie die Übersicht verloren hat.
Und die kenne ich auch noch alle.
Sind ja meine Kontakte. MEINE!
Die blöde Kuh.
Der werd ich helfen!
Ich hab aber auch so tiefgründige Probleme heute.

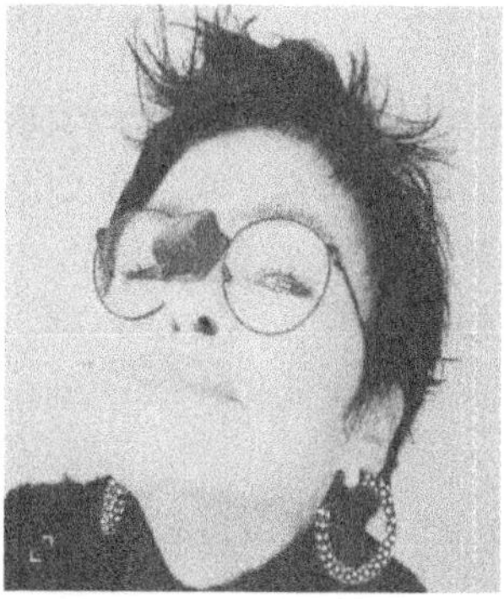

„Happy Hanftag", ihr liebenswerten Flitzpiepen!
Und? Wie isset?
Also ich für meinen Teil balanciere gerade in diesem Moment den letzten Dominostein aus der Großpackung.
Der Rest ist weiter unten im Magen-Darm-Trakt schon fleißig dabei, sich in seine Einzelteile zu zersetzen.
Ich vermute mal, für so 15 Dominosteine in einem Rutsch wird er mir sehr dankbar sein!
Ich hatte allerdings auch wenig Lust, mir zwischendurch 'n Radieschen reinzuziehen, weil das ja so gesund sein soll.
Das Radieschen ... Ich denke, das hätte mein Bäuchlein nur verwirrt! Spätestens jetzt weiß mein in die Jahre gekommener Körper, dass bald Weihnachten ist.

Das nennt man: „Einklang mit dem Körper.“
Gut, ne?
Und wenn ich dann abends so in der weltberühmten Kamasutrastellung „halbwarmer Hund bei Sonnenuntergang“ in meiner Flohkiste liege, Wärmflasche und Tee mit Honig am Start ... dann ist der Einklang komplett.
Gut.
Herrn Arenz noch, aber das ist nicht zwingend notwendig. Schöner ist es, wenn Mann und Hund im Wohnzimmer im Einklang sind.
Es reicht mir, wenn die 2 von Weitem auf mich aufpassen, damit ich nicht im Zustand der vollkommenen Auflösung einfach weggetragen werde!
Von Ameisen oder Einbrechern, die denken, ich wäre die Überreste von Königin Nofretete nach der Organentnahme. Das wär was! Halleluja.
Ich vermute, die Ameisen behalten mich als Vorratsspeicher, aber die Einbrecher stellen mich hundertpro am nächsten Tag wieder vor die Haustür mit 'nem Schild um den Hals: „Kein Interesse, die quatscht zu viel.“
Zum Thema ... was war es eigentlich für ein Thema? Ach ja ... kuscheln.
Also ich kuschel mich dann abends so ein.
Der Tee umspült mit leichter, sanfter Wellenbewegung die Reste der Dominosteine, um sie dann letztendlich vollkommen aufzulösen.
Große Zufriedenheit macht sich breit.
Mein Hüftspeck versucht gleichzeitig, sich erfreut über den Gummibund meiner Häschen-Schlafanzugshose zu rollen. Das klappt allerdings erst morgens früh beim Aufstehn.
Im Liegen bin ich immer so schlank.

Donnerstag.

Sach mal. Also mir geht das ja alles ein bisschen zu schnell. Aber machste nix.
Ich werde hier allerdings ohne Umschweife weiter „pilchern“, damit die Zeit wenigstens mit 'nem bisschen Schmunzeln am Morgen „flott“ an uns vorbeizieht.

Und heute habe ich natürlich wieder mal keine Kosten und Mühen gescheut, um euch auf meinen neusten Stand zu bringen.
Um euch gaaanz nah zu bringen, wie sich mein in die Jahre gekommener Körper den Jahreszeiten anpasst, seht ihr auf dem beigeklebten Foto, wie man „Endorphine“ am Körper deponieren kann, um sich je nach Bedarf jederzeit bedienen zu können!!

Unterhalb meines großen Kopfes mit den vielen, gefärbten Haaren obendrauf, rechts und links entlang des Truthahnhalses, sind zwei „Einbuchtungen“ entstanden, die mühelos Nahrungsmittel einlagern können.

In diesem speziellen Fall:
Marzipankartoffeln.
Ein Nachtschattengewächs genau nach meinem Gusto. Es ist allerdings auch genügend Platz für Geleebananen, Gürkchen ohne Leberwurstbrot, gebratene Champignons, in Knoblauch geschwenkt, Popcorn und Leckmuscheln.
Im Falle der M-Kartoffeln kann ich diese leckeren Scheißerchen allerdings nur mit Genuss verzehren und einspeicheln, wenn ich genau weiß, dass sie „industriell" hergestellt wurden.
Bei der Vorstellung, dass die jemand persönlich mit den Fingern zu dieser kleinen Kugel gerollt hat, bin ich raus.
Krieg ich Herpes.
Aufgrund dieser speziellen Eigenart, die ich mir im Laufe der Jahrzehnte zugelegt habe, kann es vorkommen, dass ich an offenen Salat-Buffets verhungere.
Es sei denn, der Kopfsalat würde vorher nochmal richtig heiß gemacht.
Dann geht's.
Im optimalsten Fall esse ich nur den Salat oder Ähnliches von einer Person, die genauso bekloppt ist wie ich. Eine, die sich bei der Salatzubereitung in ein „Ganzkörperkondom" pellt, mit gummierten Fingern die Gürkchen schneidet und anstatt mit Essig mit „Sagrotan" das gewisse Etwas in den Kartoffelsalat bringt.
Dann futtere ich nur diesen Salat und natürlich meinen eigenst zubereiteten.
Da wirft sich allerdings auch Herr Arenz drüber, weil er ebenfalls diese „Buffettphobie" sein Eigen nennt.
Ja, machste nix.
Is' so. Ansonsten bin ich ja recht normal ... also manchmal.

Freitag.

... sie hatte sich die ganze Nacht in ihrem Bett unruhig hin- und hergeworfen. Lag es am Mond? Der war heute Nacht wieder unglaublich voll.

Oder doch jetzt endlich mal am Klimakterium?

Schweißausbrüche, nächtlicher Bartwuchs ... erst nach einiger Zeit bemerkte sie, dass sie auf der alten Heizdecke Stufe 4 eingeschlafen war.

Das war noch eine von der alten Sorte, die sich nicht automatisch abschaltete.

Ihrer Mutter waren damals auf diese Weise zwei Heizdecken unterm Hintern weggekokelt.

Also doch kein Klimakterium. Es war eine Art Erbkrankheit mütterlicherseits.

Erleichtert pellte sie sich aus ihrer Flohkiste. Sie hüpfte mit Leichtigkeit in ihre Kompressionsstrümpfe, streifte den alten Frotteebademantel über.

Sie schloss die Augen und erinnerte sich, dass sie den schon damals auf dem Sofa getragen hatte.

18 Uhr, frisch gebadet.

Bonanza, Daktari, Dick und Doof.

Was für eine herrliche Erinnerung. In der es allerdings auch schon wieder leicht angebrannt roch, weil ihre Mutter beim Fritten machen wieder mal die Küchengardine angeflemmst hatte.
Sie setzte sich lächelnd und etwas aufgeregt an den Küchentresen.
Da gab's zwar morgens um 4:78 Uhr noch kein „kleines Gedeck", aber lauwarmen Kaffee.

Während die Milch in der Tasse lustig wirbelnd vor sich hin flockte und die Lavalampe verschieden große Blasen produzierte, überkam sie eine unglaubliche Schreiblust.
Schreiben. Das war ihre Passion.
Ein Schauer der Leidenschaft überflog ihr mittleres Ohrläppchen.
Der Krabbenfischer war auch schon wach, stand gaaaanz nah hinter ihr und zählte die Häschen auf ihrem alten Bademantel.
Schreiben.
Sie musste einfach schreiben.
Wie von Zauberhand füllte sich das Blatt:

500 gr. Rinderhack, 4 Bratwürste, Leberwurst, Gürkchen, defekte Wäscheklammern, Eiskonfekt.
Es tat soooo gut ... das Schreiben ... Wat herrlich.

Montag.

Schon wieder.

Naaaa, schaut mir mal gaanz tief in die Äugelchen.

Wie war euer Wochenende?

Ich hoffe, ihr habt keinen Unsinn angestellt!

Samstag auf Sonntag eingesessen oder so.

Also, ich war relativ brav. Relativ. So, fertig eingeschleimt! Hamsterrad läuft, Winterreifen druff und der Krabbenfischer hat das Duftöl im Solar-Diffuser gewechselt:

Apfel-Zimt-Vanille. Dann kann's ja losgehen mit der Woche, oder?

Herr Arenz und ich haben gestern vermutlich unsere letzte Cabrio-Tour gemacht. Bei strahlendem Sonnenschein an meiner Mosel vorbei getuckert. Hach, wat herrlich.

Schon schön hier ... Die Weinlese müsste bald geschafft sein und überall hängen Schilder:

Federweißer und Zwiebelkuchen.

Kennen natürlich viele oder einige haben es wohl dieses Wochenende kennengelernt.

Federweißer ist aus weißen Rebsorten gepresster Traubenmost, dessen alkoholische Gärung gerade erst begonnen

hat und der noch keiner Filtration unterworfen war. So. Das reicht erst mal zur Erklärung.
Also eigentlich müsste man beim Verzehr Augen und Nase geschlossen halten. Is' nix für Weicheier!
Er sieht aus wie, na ja ... wie ...
Also, er sieht halt aus und riecht ... na ja ... nach Gärung halt.
Und das kann man trinken?
Ja, ein Mensch, der Aufzucht und Pflege in einer Weingegend genossen hat schon. Andere eher semi.

Und in Verbindung mit so 'nem Zwiebelkuchen setzt man nochmals Gärungsprozesse frei, die man eigentlich nicht für möglich hält. Also diese hochexplosive Mischung aus Federweißer, Hefe und Zwiebeln mit Speck ist für einen Wein-Fluss-Menschen sowas wie so'ne Basen-Fasten-Kur. Wir spülen da mal richtig durch.
Eine Art Grundreinigung aller Innereien, die man so hat als Moselaner. Und wir haben verdammt viele Innereien ohne das Zeug, was noch außen an uns dran hängt!
Tja, und so ein unschuldiger Tourist, der diese recht markante Mischung genießen möchte, spielt eigentlich irgendwie ein bisschen mit seinem Leben.

Wir Moselaner warnen allerdings eher weniger.
Erstens wollen wir Umsatz machen und zweitens macht es große Freude, dem Tourist an sich bei seinem Gärungsprozess zuzuschauen.
Explodiert er noch am Tisch oder erst am nächsten Morgen?
Fies, ne ...? So sind wir halt ... totaaal liebenswert.

Das Wörtchen zum Dienstag.

Gut.

Herr Arenz hat sich jetzt poetisch noch nie so richtig über meine Knie ausgelassen.

Ich hab ihn allerdings auch noch nie gefragt, weil ich so „Pummelknie" habe. Zwei Stück sogar.

Ich vermute schon seit Jahren, dass sich genau da die Dominosteine und Geleebananen ablagern.

Und wenn ich Herrn Arenz fragen würde: „Du ... hab ich eigentlich Pummelknie?", würde ich vermutlich schon bekloppt, weil er immer so lange nachdenkt.

Und jede Antwort, egal welche, wäre dann für den Po.

Entweder direkt raus damit oder Schweigen für immer!

Ich frage nur spontan nach der Meinung meines Mannes bezüglich diverser Körperteile, die ich mein Eigen nenne, wenn er weiter weg steht, liegt oder sitzt und keine Brille trägt.

Das funktioniert prima. Er ist nämlich blind wie ein Maulwurf.

Nur nicht so behaart.

Ich bin genauso blind, aber mehr behaart.

Wenn ich dann so'n bisschen weiter weg stehe, sitze oder liege und frage: „Duuu, Chérie ... hab ich eigentlich Cellulite?"
Gut, mittlerweile weiß er, dass er nicht soooo lange mit seiner Antwort warten darf, und dass diese Antwort am besten für die „fragende Person" recht positiv ausfallen muss.
Die Konsequenzen wären für ihn zu tiefgreifend und auch zu nachhaltig.
Er hat einfach im Laufe von fast 30 Jahren gelernt, dass so'n Leben als Ehemann an einem ziemlich dünnen Faden hängen kann. Nicht nur nachts in der Frankfurter Innenstadt – nein, auch hier zu Hause.
Hier am Waldrand, wo ich immer sagen kann, dass er „Holz machen" wollte und da doch glatt den bösen Wolf getroffen hat. Das glaubt mir hier jeder!
Nun denn. Aufgrund dieser unumstößlichen Argumentation meinerseits antwortet er gaanz schnell auf meine Frage ob der Cellulite: „Wie kommst du denn darauf, Chérie? Nein. Also, ich seh nix. Und ich rieche auch nichts. Denn wenn du wirklich diese Art der Hautbeschaffenheit hättest, würde es dann hier nicht stark nach Orange riechen?"
Da hat er recht, der Schlau-Fuchs!
Obwohl ich immer so unglaublich heftig nach Vanille-gebrannte-Mandel-frische-Waffeln-Duft rieche, dass so manch einem schon die Luft weggeblieben ist.
Da riechste keine Orange mehr! Ich alte Schlaufüchsin!

... sie befand sich in dem Raum, den sie im Haus am meisten liebte. Es war noch ziemlich dunkel draußen um 3:87 Uhr. Drinnen allerdings auch.
Gedankenverloren zündete sie mit dem Stabfeuerzeug die LED-Kerzen an. Die kleine Flamme erhellte für einen kurzen Moment ihr Antlitz. Sie lächelte bei dem Gedanken, dass sie endlich die schwedischen Gardinen für ihren Mann Kai-Smøre fertig genäht hatte. Er wollte den kleinen Lichtschacht seiner Zelle in der EVVA (Energieverschwender-vollzugsanstalt) heimelig gestalten.

Er hatte nämlich einen Nachschlag bekommen.
Nochmal 5 Jahre, weil er die 9-Liter-Spültaste der Toilette gedrückt hatte.
Für Pippi. Nicht Pippi Langstrumpf ... das andere Pippi.
„Hach, ja“, seufzte sie, „kannste nix machen.“

Jetzt endlich konnte sie das Wasser einlassen.

Herrlich dampfte es vor sich hin und wirbelte lustig herum. Was für ein Spaß. Gleich könnte sie anfangen und hatte sich schon vorbereitet.
Sie hatte nichts an – außer das Radio ... und die fleischfarbenen Kompressionsstrümpfe, die schon etwas ältere Jogginghose mit den Beulen im Kniebereich, den Mohair-Nierenwärmer ihres Großvaters, das Schlafshirt und die fusselige Polyethylen-Strickjacke. Das war's aber dann auch schon. Wie sexy kann man sein!
Und da roch sie es auch schon.
Das extra billige Parfum.
„My Melodie."
Sie hatte es dem Krabbenfischer geschenkt, um alte, nicht jugendfreie Erinnerungen hochkommen zu lassen. Es funktionierte. Er stand gaaanz nah hinter ihr und pustete zärtlich die Polyamid-Flusen aus ihrem Nacken.
„Grrrrrr", raunte er in ihr Öhrchen, was immer das auch heißen sollte.
Ihr wurde ein bisschen ganz heiß und bisschen ganz schwindelig.
Gut, bei „My Melodie ..."
Jetzt aber flott den alten Putzlappen in den Eimer.
Die Küche wischt sich nicht von alleine!
Klappe, Schnitt.
Das drehen wir nochmal ...

Das Wörtchen zum Dienstag ...

natürlich an einem Dienstag. Auf mich kann man sich verlassen, oder?
Bezüglich dieser genannten Verlässlichkeit vergleiche ich mich auch gerne mit so'nem in die Jahre gekommenen „Kater", der in meinem Alter hundertpro nach jedem feucht-fröhlichen Abend in aller Frühe in deinem Kopf aufs Katzenklo will!
Genug geschleimt.
Wie isset?
Habt ihr den Montag halbwegs gut überstanden? Also ich ja ... bis auf die üblichen „Klein-Katastrophen".

Ich sollte gestern mit dem Auto von Herrn Arenz mal flott von Hü nach Hott fahren.
Tja, „mal flott" scheiterte schon an der Tatsache, dass da 3 Pedale waren und ich hab ja nur 2 Füße! Wie verteile ich die jetzt?
In einem Land vor unserer Zeit hatte ich auch mal 3 Pedale und 2 Füße ... irgendwie hat's da funktioniert.
So 10 Jahre später überlegste, wie das wohl nochmal geht.
So. Jetzt anfahren. Ich betätige den rechten Hebel nach

oben. Aha ... der Scheibenwischer ... doch nicht der erste Gang. Jetzt erst mal das Auto anschreien.
Stille. Ich öffne die Klappe des Aschenbechers.
Vielleicht kommt die Stimme ja da raus.
Kann nicht sein, weil da unzählige Tankquittungen, Silikontubenaufsätze, Musterplatten und Hustenbonbons drin sind.
Endlich erinnere ich mich an die Kombination Kupplung und Schaltknüppel.
Jetzt vorsichtig in den 3. Gang zum Anfahren.
Funktioniert so semi und macht Geräusche. Egal. So von 0 auf 100 in 3 Tagen schaff ich. Nach mehreren Kilometern erinnere ich mich, dass da doch irgendwo noch 'ne Handbremse zu lösen war.
Mensch, jetzt fluppt es aber! Ich kann. Halleluja.
Was bei Herrn Arenz im Auto allerdings immer leuchtet, ist die Tankanzeige. So natürlich auch gestern.
Ich hatte noch 60 km nach „Hü" zu fahren.
Laut Anzeige hatte ich noch genau 49 km, die ich vorwärts fahren konnte.
„Den Rest fährste rückwärts", pflegt mein „Verstappen der Landstraße" immer zu sagen.

Da bekommste Schwitzanfälle, auch ohne Klimakterium.
Ebenso keine Geldbörse mit Papieren, kein Labello und keine Geleebananen zum Stressabbau.
Ich musste auch nicht lange warten, da fuhr die Polizei hinter mir her.
Puh, Glück gehabt. Laut Aufkleber „Notfall-Steinmetz" unterwegs.
Eh, Alter ... jetzt aber flott nach „Hott".

… da lag sie nun. In einem Raum, der an Ausstattung nichts zu wünschen übrig ließ. So unglaublich vertraut.
Sie schloss die Augen und lauschte dem Meeresrauschen, welches allerdings aus ihrer Zwitscherbox kam, die sie immer bei sich trug.
Umsichtig gebettet in einem Gefrierbeutel mit Zipper konnte der Box in ihrer verkrümelten Handtasche nichts passieren.
Ach, ja ... sie lauschte.
Der Raum war abgedunkelt, um störenden Blicken von außen keine Möglichkeit zu geben, sie dort in dieser außergewöhnlichen Situation aufzufinden.
Liegend und so bisschen aufgeregt. Sie machte es zwar zweimal im Jahr – und schon länger – aber fast keiner wusste davon und sie wollte dieses Geheimnis auch mit in ihre Eierkarton-Urne nehmen.
Die mit dem aufgemalten Hamsterrad und der LED-Beleuchtung mit integrierter Musik ...
„Warum hast du nicht nein gesagt“, sollten Roland Kaiser und die Maite dann singen. Hach, ne … wat schön.
Aber soweit war es ja noch nicht!
Erst mal war sie liegend so aufgeregt.

Gleich würde er da sein. Sie kannten sich ja schon so lange und er kannte Bereiche ihres Körpers wie kein anderer. Allein bei diesem Gedanken wurde ihr 3 bis 5 Grad wärmer und ihr neuer Kunstlederrock wurde eins mit dem Kunstlederbezug dieser ganz besonderen Liegevorrichtung.

Wie damals in der 4. Klasse beim Sport. „Bockspringen" war angesagt. Sie nahm damals Anlauf, lief und lief, stoppte, sprang ... und blieb, begleitet vom tosenden Applaus ihrer Klassenkameraden, auf dem Bock kleben.
Kunstlederbock und Polyethylen-Sporthose.
Da ging nichts mehr.
Da lag sie dann, wie jetzt in diesem Moment. Was für Erinnerungen!

„Hallo", hörte sie ihn mit tiefer, einfühlsamer Stimme raunen, „wie geht's?"
Da war er. Oh Gott.
Sie war wie jedes Mal der Ohnmacht nahe. Sie schloss die Augen. Jetzt stand er neben ihr und sie vernahm dieses vertraute Magenknurren.
Dieses niedliche Blubbern und Rumoren.
Er hatte wieder Hunger.
Jedes Mal hatte er solchen Hunger, wenn er bei ihr war.
Die Minuten verflogen.

„So. Alles okay. Kein Zahnstein. Und wenn welcher da wäre, würde die Kasse das Entfernen eh nicht bezahlen. Neuer Termin im halben Jahr. Auf Wiedersehn."
Was für ein Date! Was für ein Erlebnis!

Donnerstag.

Na, ihr liebenswerten Knallpilze ... wie isset?

Also, ich bin ja wirklich nicht hier am Start, um euch zu erklären, wie das Leben geht. Aber es ist vermutlich doch heute so, dass kein Donnerstag ist.

Ich war grade schon vor der Tür, um zu kontrollieren, ob die „Gehirnhaken“ meiner Männer noch tragfähig sind ... da war's nur dunkel überall. Kein Donner, nur Tag.

Und der ja dunkel. Wir kommen nicht umhin, diesen Tag vollkommen neu zu benennen.

Vielleicht: der Tag vor dem Tag, wo dann am nächsten Tag das „Sams“ kommen tut.

Ich finde, das ist 'ne klare Aussage und man kann sich drauf einstellen. Gut, ne? Oder nicht? Komm ... war gut.

So, genug geklugscheißert!

Ich war gestern noch flott vor 9 Uhr im Drogeriemarkt.

Wenn Dino nicht um 9:15 Uhr seine Leckerchen im extra dafür vorgesehenen VA-Edelstahltöpfchen hat und rechts daneben das frische „Perrier Wasser“ – geschüttelt, nicht gerührt –, dann kannste den den ganzen Tag nicht gebrauchen. Und mich dann natürlich auch nicht.

Die Leckerlis sind hinten unten links, oben mittig im Regal schräg gegenüber von den Silberfischchen-Ködern. Vorher muss man sich allerdings durch eine Wand von unzähligen, riesigen Adventskalendern schlagen. Halleluja.
Das sind ja Einrichtungsgegenstände!
Gefüllt mit Pröbchen, die die jeweilige Firma vermutlich noch von Karneval übrig hat.

Die Edelsteine unter den Adventskalendern sind allerdings die von „Amorelie“.
So „Wuzze-Pseudo-Erotik-Adventskalender“.
Da sind Sachen drin, die darfste auf keinen Fall runterschlucken.
Brandgefährlich.
Und am 24.12. is' was drin, wofür man sogar 'ne Batterie braucht. Oder so einen Starkstromanschluss.
Ganz genau weiß ich das jetzt nicht, weil für den Erwerb eines solchen Kalenders „zur Steigerung der Lust in 24 Tagen“ müsste ich an mein Sparbuch.
Und das kommt ja gar nicht in die Tüte. Über 100 €.
Niemals!
Da ess ich lieber 23 Tage 'nen Dominostein und halt den Finger in die Steckdose.
Und am 24.12. wäre es dann eine Geleebanane in Kombination mit Starkstrom.
Macht auch Lust.
Und ist natürlich wesentlich preiswerter. Gut, ne? Jetzt hab ich euch doch erzählt, wie das richtige Leben geht.
Auf jeden Fall in Bezug auf Adventskalender. Aber es musste einfach mal gesagt werden ...

Freitag.

Nicht, dass ihr denkt, ich verschone euch heute mit meinen unglaublichen Gehirnausscheidungen! Das muss raus – sonst gibt's Hämorrhoiden.

Und wer will die schon? Ich nicht.

Und wie isset?

Es müsste euch eigentlich ziemlich gut gehn, weil ich ja so'ne heilende Wirkung habe.

Ähnlich einem Litergebinde „Klosterfrau Melissengeist“ oder diese Creme von Wick, die dir komplett alle Nasenschleimhäute zersetzt. Spürt ihr schon was?

Jetzt mal tief einatmen und Luft anhalten. Halten.

Nicht mehr atmen. Ihr macht das klasse.

Jetzt noch Zäpfchen – nicht oral –, dann wird alles gut.

Nicht atmen!! Ich könnte mir vorstellen, dass ich nächste Woche mal Medizin studiere.

Meine grottenschlechte, unterirdische Abitur-Abschlussnote hat sich ja nach fast 40 Jahren vermutlich so im „Einser-Plus-Bereich“ eingependelt.

Den weißen Kittel hab ich schon länger, den Arztkoffer auch. Diesen kleinen Roten mit dem gelben Stethoskop und der großen Spritze, mit der man mühelos Bratwürste in 'ner

Großmetzgerei füllen könnte. Der ist auch schon 50 Jahre alt, aber ich wusste: „Den brauche ich irgendwann nochmal."
Recht gehabt.
Klugscheißerei in Kombination mit Besserwisserei und Selbstüberschätzung hat noch immer funktioniert.
Dann kann's ja losgehen.
Den Doktortitel habe ich mir gestern Abend noch flott besorgt. Dino, unser super gefährlicher Hofhund, war mit mir nämlich gestern bei der Tierärztin.
Die mag er. Ich auch. Dino ist nämlich genau dort nach seiner ersten Impfung in Ohnmacht gefallen.
Wie so'ne Diva. Das war was!
Und diese Frau erklärt Dino immer alles liebevoll in allen Einzelheiten … ich höre genau zu und lerne!
Schlau, ne?
In 7 Jahren hab ich schon einiges an Fachwissen einspeichern können, welches vermutlich mühelos auf den Menschen übertragbar ist.
Denk ich mir jedenfalls. Was kann daran so schwer sein, euch 'ne Wurmkur zu verordnen oder 'ne Tollwutspritze in eure rechte Pobacke zu drücken?
Lustig wird's wahrscheinlich, wenn ich euch operativ den Zahnstein entferne. Das dauert 'ne Stunde, aber ich habe euch vorher narkotisiert. Keine Angst.
Ich könnte auch gleichzeitig nach Hämorrhoiden-Befall gucken.
Kostet 12,55 € mehr, netto. Und?
Wer möchte einen Termin? Morgen hab ich zufällig noch welche frei ...

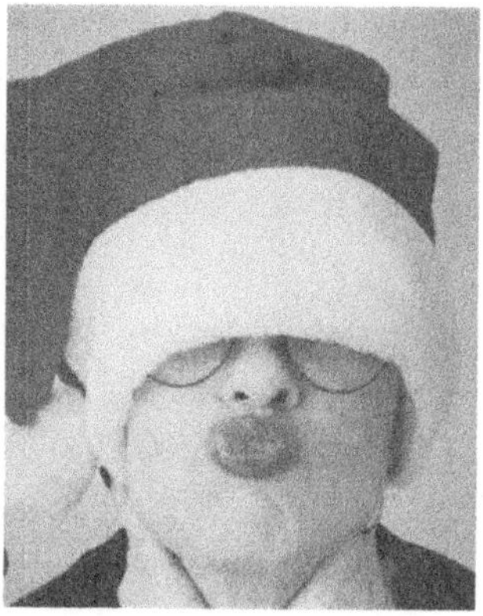

Heiligabend-Morgen.

... sie liebte es so sehr.

Und am aufregendsten fühlte es sich an, wenn sie vorher schwarzes Latex überstreifte.

Sie schloss wieder mal die Augen und atmete sich erst mal bisschen weg.

In ihrer geliebten Zwitscherbox zwitscherte der Dornenvogel die sinnlichen Weisen von Peter Maffay. Jetzt war sie bereit und ließ ihre Hände sinnlich ins Fleisch greifen.

Gaaanz langsam ...

Dieses Gefühl war unbeschreiblich. Es blubberte und pupste auch ein bisschen. In diesem Moment war die Welt wieder in Ordnung.

Erst recht, als sie plötzlich den defekten, leicht rostigen Draht der Wäscheklammer des gaanz kleinen Gästehandtuchs durch ihre Winterjogginghose spürte.

Die mit dem Weihnachts-Paisley-Ornament, das schon ordentlich verrubbelt war.

Ihr Krabbenfischer!

Der holzige, algige Geruch seines Deorollers strömte ihr in die Nase.

Yummie.
Seine Hände, die vom vielen „Krabbenpuhlen“ immer etwas schrumpelig waren, berührten nun die ihren und ihr wurde bisschen schwindelig.

Im Rhythmus der nicht vorhandenen Hintergrundmusik, weil grade Nachrichten liefen, bewegten sie das Fleisch hin und her ... und noch hoch und runter.
„Noch mehr?“, flüsterte der Krabbenfischer in ihr Öhrchen und sie roch die Kinderzahnpasta mit dem kleinen Nilpferd auf der Tube, die er immer so gerne benutzte.
„Jaaaa“, hauchte sie, bisschen der Ohnmacht nahe, „viel mehr!!“
Das war immer der Moment, wo beide sich kaum mehr unter Kontrolle hatten.
Sie riss ihn auf.

Den Gewürzschrank – nicht den Krabbenfischer.
Maggi, Salz, getrocknete Zwiebelchen, Paprika.
Während sie dann endlich liebevoll das Gehackte für die Frikadellen nachwürzte und nochmal ordentlich durchknetete, flüsterte er ihr zu: „Ich geh grad mal meine Flossen waschen, das ist ja echt immer 'ne große Schweinerei mit dem Gehacktes Halb und Halb!“
Sie lächelte sinnlos vor sich hin.
Seine unglaublich poetische Art, sich auszudrücken, war unbeschreiblich.
Das konnte sonst nur noch Kai-Smøre.
Aber der saß ja immer noch ein.
Egal ... Hauptsache, an Heiligabend gab's Frikadellen, Senf, Fritten und Möhrchen-Salat.

Wie damals in diesem Stall, an dem Abend, an dem der Weihnachtsmann auf die Welt kam.
Alles sollte so sein wie damals ...

Silvester.
Mein Herz und Eure Seelen

Das war's. Mein erstes Buch.
Ich hoffe, Ihr hattet Spaß!

Mein Jahr mit meinen fast täglichen Geschichten auf Social Media.
Die ganze Welt hat in 2022 verrückt gespielt und wird es vermutlich leider auch weiter tun.
Selbst meine kleine Welt wurde durch die Krankheit eines Familienmitgliedes ordentlich durcheinander gebracht.
Das hat mich allerdings in keinster Weise daran gehindert, meinen Optimismus und meinen Humor unter die Leute zu bringen, obwohl mir nicht jeden Tag danach war.

Aber es hat mir geholfen.
Es hat meinen Kopf frei gemacht von negativen Gedanken.
Irgendwie geht's immer weiter ... jeden Tag.
Und das am liebsten positiv!

Ich danke von ganzem Herzen meinen leidenschaftlichen Lesern der ersten Stunde und da besonders Verena Grzimek, die mich an meine Buchmentorin Gisa Steeg vermittelt hat.
Ohne kompetente Hilfe ist es fast unmöglich, als Einsteiger ein Buch zu veröffentlichen. Mit Gisa hat es funktioniert!

Ich danke meinem Mann, Herrn Arenz, den ich mehr als einmal dazwischen hatte und der mit mir unglaubliche Lach-Flashs überstanden hat.

Der mich schon 30 Jahre so lässt, wie ich bin, und sich immer mit mir freut und meine bekloppten Ideen unterstützt.

Meinem Sohn, der sooft erfolglos versucht hat, mich aus Peinlichkeitsgründen von den Sozialen Medien abzubringen. „Ich werde vermutlich, wahrscheinlich, eventuell gemobbt“, versuchte er mich zu überzeugen.
„Mein lieber Sohn, du bist ein Schrank von einem Mann, hast ein Kreuz wie ein Preisboxer und zwei gesunde Fäuste, die jeden hirnlosen „Mobber“ innerhalb von Sekunden davon überzeugen können, dass man das nicht macht, dieses Mobben.“
Niemals nie hält mich jemand auf!
Noch nicht mal mein toller Sohn.

Danke an mein geliebtes Schwesterherz, die sich das ganze Buch im Eiltempo nochmal durchgelesen hat, um Langweiliges von Lustigem zu trennen, weil man irgendwann den Wald vor lauter Bäumen nicht mehr sieht.

Und ich danke Steffi, meiner Seelenschwester, guten Zuhörerin, meiner größten Kritikerin und auch die Inspiration für eines meiner nächsten Bücher.
Last but not least einen dicken Knutscha für meine Lektorin Antje Grube, die sich die Zeit genommen hat, meinen Schreibdialekt unter die Lupe zu nehmen und die sich bei ihrer Arbeit so ganz nebenbei ein bisschen in den Krabbenfischer verliebt hat. Danke Antje.
Passt auf Euch auf

Eure Petra